Trois jours avant Noël

Mary Higgins Clark
et
Carol Higgins Clark

Trois jours avant Noël

ROMAN

Traduit de l'anglais
par Anne Damour

LE GRAND LIVRE DU MOIS

Titre original :

DECK THE HALLS

ISBN 2-7028-6235-7

Dans l'esprit de ce voyage entrepris ensemble,
nous, Mary et Carol,
nous nous dédions réciproquement ce livre,
avec amour.

Jeudi 22 décembre

REGAN Reilly soupira pour la centième fois en regardant sa mère, qui venait d'être admise à l'hôpital chirurgical de Manhattan. « Et dire que c'est moi qui ai acheté ce ridicule tapis au crochet sur lequel tu as trébuché, dit-elle.

— Tu l'as seulement acheté, c'est moi qui me suis pris le pied dedans », murmura faiblement Nora Reilly, la célèbre auteur de romans policiers. « Ce n'est pas ta faute si je portais ces stupides talons aiguilles. »

Nora voulut changer de position mais elle était immobilisée par un plâtre qui l'enserrait du talon jusqu'à la cuisse.

« Je vous laisse l'une et l'autre revendiquer la responsabilité de cette jambe cassée », dit Luke Reilly, heureux propriétaire de trois funérariums, mari de l'une des deux femmes et père de l'autre, extirpant son long corps du fauteuil bas placé au pied du lit. « Je dois assister à des funérailles, aller chez le dentiste, et ensuite, puisque nos projets de Noël semblent quelque peu compromis, je suppose que je ferais bien d'acheter un arbre de Noël. »

Il se pencha et embrassa sa femme. « Regardons les choses du bon côté : tu ne contemples peut-être pas le Pacifique, mais tu as une belle vue sur l'East River. »

Avec Regan, leur fille unique de trente et un ans, ils avaient projeté de passer Noël à Hawaï.

« Tu m'étonneras toujours, lui dit Nora. Espérons que tu rapporteras à la maison autre chose que ton habituel sapin déplumé.

— Ce n'est pas gentil, protesta Luke.

— En effet, mais c'est vrai. » Nora changea de sujet. « Luke, tu as l'air épuisé. Ne peux-tu te dispenser des obsèques de Goodloe ? Austin est capable de s'en charger. »

Austin Grady était le bras droit de Luke. Il avait organisé seul des centaines de funérailles, mais celles d'aujourd'hui étaient particulières. Le défunt, Cuthbert Boniface Goodloe, avait légué la presque totalité de ses biens à l'association Graines Plantes Fleurs et Bourgeons du New Jersey, l'Etat des Jardins. Son neveu et presque homonyme, Cuthbert Boniface Dingle, appelé C.B., digérait manifestement mal d'hériter d'une si maigre part. A la fin de la veillée funèbre, la veille, C.B. était revenu en douce vers le cercueil où Luke l'avait surpris en train de fourrer des déchets de plantes d'intérieur dans les manches du costume rayé que l'exigeant Goodloe avait lui-même choisi pour son ultime voyage.

En s'approchant par-derrière, Luke l'avait entendu marmonner : « Tu aimes les plantes ? Je vais t'en donner, des plantes, espèce de vieil hypocrite sénile. Respire un peu cette puanteur ! Et profites-en jusqu'au jour de la Résurrection ! »

Luke s'était reculé, ne voulant pas se retrouver face à C.B., qui continua à proférer des injures devant le corps de son pingre d'oncle. Il avait déjà entendu des proches dire leur fait à un défunt, mais l'usage de feuilles en décomposition était une première. Plus tard, Luke avait délicatement ôté l'outrageante végétation. Mais aujourd'hui, il préférait tenir C.B à l'œil. Qui plus est, il n'avait pas eu l'occasion de rapporter l'incident à Austin.

Luke faillit informer Nora de l'étrange conduite du neveu, mais aima mieux s'abstenir. « Goodloe a passé trois ans à organiser ses propres funérailles », dit-il seulement. « Si je ne fais pas acte de présence, il viendra à jamais me hanter.

— Je suppose que tu dois y aller. » La voix de Nora était endormie et ses yeux commençaient à se fermer. « Regan, tu devrais laisser ton père te déposer à l'appartement. Avec le dernier calmant qu'ils m'ont donné, je vais bientôt tomber dans les vapes.

— Je préfère rester jusqu'à l'arrivée de ton infirmière, dit Regan. Je veux m'assurer qu'il y a quelqu'un auprès de toi.

— Bon. A condition que tu ailles te reposer ensuite. Tu sais bien que tu ne fermes jamais l'œil quand tu prends l'avion de nuit. »

Regan, détective privée, résidait à Los Angeles. Elle préparait ses valises pour leur voyage à Hawaï lorsque son père lui avait téléphoné.

« Ta mère va bien. Mais elle a eu un accident. Elle s'est cassé la jambe.

— Cassé la jambe ?

— Oui. Nous nous rendions à une réception au Plaza. Ta mère était l'une des invitées d'honneur. Elle était un peu en retard. J'ai appelé l'ascenseur... »

Une des méthodes paternelles, pas forcément subtiles, pour obliger maman à se presser, pensa Regan.

« L'ascenseur est arrivé, mais pas elle. Je suis retourné dans l'appartement et je l'ai trouvée allongée sur le sol, la jambe bizarrement tordue. Mais tu connais ta mère. Sa première question a été pour savoir si sa robe était déchirée. »

C'est maman tout craché, avait pensé Regan avec tendresse.

« Ils n'ont jamais vu débarquer une patiente aussi chic aux urgences de l'hôpital », avait conclu Luke.

Immédiatement après avoir raccroché, Regan avait sorti de sa valise les vêtements adaptés au climat hawaïen pour les remplacer par des tenues hivernales new-yorkaises. Elle avait attrapé de justesse le dernier vol de nuit pour Kennedy Airport, et, une fois arrivée à New York, était rapidement passée à l'appartement de ses parents dans Central Park South, le temps d'y déposer ses bagages.

Sur le seuil de la porte, Luke se retourna et sourit aux deux femmes de sa vie, si semblables d'une certaine manière avec leurs traits réguliers, leurs yeux bleus et leur teint clair, mais si différentes par ailleurs. De ses ancêtres irlandais Reilly, Regan avait hérité une chevelure noir de jais, peut-être un atavisme des Espagnols qui s'étaient installés en Irlande après la destruction de leur Armada par les Anglais. Nora, en revanche, était naturellement blonde et, avec son mètre cinquante-huit, mesurait dix centimètres de moins que sa fille. Du haut de son mètre quatre-vingt-douze, Luke les dominait toutes les deux. Ses cheveux jadis bruns étaient aujourd'hui presque complètement gris.

« Regan, je viendrai te prendre ici vers dix-neuf heures, dit-il. Après avoir souhaité bon courage à ta mère, nous irons nous réconforter au restaurant. »

Il surprit le regard de Nora et lui sourit. « Tu encourages le crime, mon chou. Tous les critiques le disent. » Il leur fit un signe de la main. « A tout à l'heure, les filles. »

Ce fut un des rares rendez-vous que Luke serait dans l'incapacité d'honorer.

Trois jours avant Noël

En plein centre de la ville, dans l'appartement 16B du 211 Central Park South, les préparatifs de Noël battaient leur plein. « Mon beau sapin », chantait Alvirah Meehan, faux, tout en plaçant une guirlande miniature autour de la photo encadrée qui les montrait, Willy et elle, en train d'accepter le chèque de quarante millions de dollars qui avait changé leur vie.

La photo lui rappela soudain cette soirée magique qui s'était déroulée trois ans auparavant. Elle était assise dans leur petit living-room de Flushing, un quartier de Queens, et trempait ses pieds douloureux dans une bassine d'eau chaude après avoir passé la journée à faire le ménage chez Mme O'Keefe. Willy somnolait dans son vieux fauteuil club. Il était rentré fourbu, car il s'était escrimé à réparer une canalisation qui avait éclaté et inondé d'eau rouillée les vêtements lavés et repassés de la teinturerie Spot Free Dry Cleaners en bas de la rue. Puis le présentateur de la télévision avait commencé à appeler les numéros gagnants du loto.

C'est certain que je ne suis plus la même femme,

songea Alvirah en contemplant la photo. Les cheveux d'un roux éclatant, que pendant tant d'années elle avait teints elle-même dans le lavabo de la salle de bains, avaient été métamorphosés par Madame Judith en une chevelure cuivrée aux reflets subtils. Le tailleur-pantalon de polyester violet avait depuis longtemps été banni de sa garde-robe par son amie, l'élégante baronne Min von Schreiber. Certes, elle avait toujours la même mâchoire volontaire, témoignant des intentions de Dieu lorsqu'il l'avait façonnée, mais elle avait considérablement minci, passant de la taille quarante-six à un petit quarante-deux. C'était indiscutable, elle paraissait aujourd'hui dix ans plus jeune et mille fois plus en forme qu'à cette époque.

J'avais soixante ans alors et l'apparence d'une femme de soixante-dix ans. Aujourd'hui j'ai soixante-trois ans et j'en fais à peine cinquante-trois. Quant à Willy, même vêtu de ce costume bleu acheté en solde agrémenté d'une cravate riquiqui, il se débrouillait pour être séduisant et distingué. Avec sa crinière blanche et ses yeux bleu vif, Willy faisait immanquablement penser à Tip O'Neill, le légendaire président de la Chambre des représentants.

Pauvre Willy, soupira-t-elle. Quelle malchance d'être aussi mal en point ! Personne ne devrait souffrir d'une telle rage de dents à l'approche de Noël. Mais le Dr Jay va le soulager. Notre erreur a été de consulter cet autre dentiste lorsque le Dr Jay est parti s'installer dans le New Jersey. Willy s'est laissé convaincre de la nécessité d'un implant malgré l'échec précédent, et maintenant il souffre le martyre. Bon, ça pourrait être pire, se consola-t-elle. Quand on songe à cette pauvre Nora Reilly !

Elle avait entendu à la radio que l'auteur de romans policiers, par ailleurs son écrivain de prédilection, s'était cassé la jambe la veille au soir dans son appartement, situé dans l'immeuble voisin du leur. Son talon aiguille s'était pris dans les franges d'un tapis. Le même genre d'accident est arrivé à grand-mère, se rappela Alvirah. A la différence qu'elle ne portait pas de talons hauts. Elle avait marché sur un vieux chewing-gum dans la rue et, lorsque les franges du tapis s'étaient collées à la semelle de sa chaussure orthopédique, grand-mère s'était étalée.

« Bonjour, mon chou. »

Willy, sortant de la chambre, apparut dans le

couloir. Sa joue gauche était gonflée et son expression la preuve vivante que cet implant de malheur le torturait. Alvirah savait comment le réconforter.

« Willy, sais-tu ce qui me remonte le moral ?

— Non, mais j'ai hâte que tu m'en fasses part.

— C'est de savoir que le Dr Jay va te débarrasser de cet implant et que tu te sentiras beaucoup mieux ce soir. Ecoute, n'es-tu pas mieux loti que cette malheureuse Nora Reilly qui est condamnée à se balader clopin-clopant sur des béquilles pendant des semaines ? »

Willy secoua la tête et parvint à sourire.

« Alvirah, crois-tu que je pourrai un jour avoir mal quelque part sans que tu me fasses remarquer que j'ai une sacrée veine ? Si j'attrape la peste bubonique, faudra-t-il aussi que je m'apitoie sur quelqu'un d'autre ? »

Alvirah éclata de rire.

« J'imagine que je t'y inciterai fortement.

— Lorsque tu as commandé la voiture, as-tu tenu compte des habituels encombrements des départs en vacances ? Je n'aurais jamais cru que je m'inquiéterais autant d'arriver à l'heure chez le dentiste.

— J'en ai tenu compte, le rassura-t-elle. Nous

serons sur place bien avant trois heures. Le Dr Jay te prendra entre deux rendez-vous, juste avant son dernier patient. Il ferme son cabinet plus tôt à cause de ce long week-end de Noël. »

Willy consulta sa montre.

« Il est à peine plus de dix heures. J'aimerais qu'il puisse me recevoir tout de suite. A quelle heure la voiture vient-elle nous chercher ?

— A une heure et demie.

— Je vais me préparer. »

Avec un hochement de tête compatissant, Alvirah regarda l'homme qui était son mari depuis quarante-trois ans regagner sa chambre. Il se sentira beaucoup mieux ce soir, décida-t-elle. Je vais préparer une bonne soupe aux légumes et nous regarderons la cassette de *La vie est belle*. Heureusement que nous avons remis notre croisière à février. Je suis contente de passer calmement Noël à la maison cette année.

Alvirah parcourut la pièce du regard et huma l'air. J'adore l'odeur du sapin, se dit-elle. Et cet arbre est magnifique ! Ils l'avaient placé au centre de la baie vitrée qui donnait sur Central Park. Les branches ployaient sous le poids des décorations qu'ils avaient amassées au fil des années, des belles et des moins belles, toutes chargées de souvenirs. Alvirah repoussa ses grosses lunettes rondes, s'approcha de la table basse et s'empara de la dernière boîte de cheveux d'ange qu'elle n'avait pas encore ouverte.

« On n'a jamais assez de cheveux d'ange », dit-elle tout haut d'un ton déterminé.

ENCORE trois jours avant Noël, songea Rosita Gonzalez, vingt-six ans, tandis qu'elle attendait Luke Reilly, assise au volant d'une des limousines des Pompes Funèbres Reilly, à l'entrée de l'hôpital de la 71e Rue. Elle passait mentalement en revue les cadeaux qu'elle avait achetés pour ses fils de cinq et six ans, Bobby et Chris. Non, je n'ai rien oublié, se rassura-t-elle.

Elle désirait de tout son cœur qu'ils aient un beau Noël. Tant de choses avaient changé au cours des derniers dix-huit mois. Leur père était parti — non que ce fût une grande perte — et sa mère souffrante était rentrée à Puerto Rico. Depuis, les deux garçons s'accrochaient à Rosita comme s'ils redoutaient qu'elle aussi disparaisse.

Mes petits bonshommes, pensa-t-elle avec une bouffée de tendresse. Hier, ils étaient allés tous les trois choisir leur arbre de Noël, et ils le décoreraient ce soir. Elle avait trois jours de congé pour les fêtes, et son patron lui avait donné une prime généreuse pour Noël.

Rosita regarda dans le rétroviseur et redressa sa casquette de chauffeur sur ses boucles noires. Sûr que j'ai eu un vrai coup de chance d'obtenir un tel job dans cette entreprise de pompes funèbres. Elle avait commencé à travailler à mi-temps dans les bureaux, puis Luke avait appris qu'elle était chauffeur de maître pendant le reste de la journée. « Vous n'avez pas besoin de travailler à l'extérieur, Rosita, lui avait-il dit. Nous pouvons vous occuper à temps complet si vous le désirez. » Désormais, elle conduisait fréquemment les véhicules des pompes funèbres.

Un petit coup fut frappé à la vitre de la voiture. Rosita tourna la tête, s'attendant à voir le visage affable de son patron. Au lieu de quoi, elle croisa un regard dont l'expression lui était vaguement familière mais qu'elle fut incapable, à ce moment précis, de situer. Elle ouvrit la fenêtre de quelques centimètres et reçut en plein visage une bouffée de fumée de cigarette. Tendant le cou en avant, son visiteur imprévu se présenta d'un ton rapide et saccadé : « Salut, Rosie, Je suis Petey le Peintre. Tu te souviens de moi ? »

Comment avait-elle pu l'oublier ? Elle revit brusquement le jaune-vert éclatant dont il avait barbouillé les murs de la chambre mortuaire du funérarium Reilly à Summit, dans le New Jersey. Elle se rappela la réaction de Luke Reilly à la vue des dégâts. « Rosita, avait-il dit, je ne sais pas s'il faut rire, pleurer ou laisser tomber.

— Je laisserais tomber à votre place, monsieur Reilly », avait conseillé Rosita.

Inutile de préciser qu'aucun des trois funérariums Reilly n'avait plus jamais fait appel aux services de Petey le Peintre.

Petey avait ajouté une pointe de couleur bouton-d'or au vert mousse choisi par Luke, prétextant qu'il fallait égayer l'atmosphère. « Les familles des défunts ont besoin qu'on leur remonte le moral, avait-il expliqué. Ce vert était carrément déprimant. J'avais un petit supplément de peinture jaune dans ma voiture et je l'ai ajouté gracieusement. » En s'en allant, il avait demandé à Rosita de sortir avec lui, ce qu'elle avait promptement refusé.

Rosita se demanda s'il avait encore des éclaboussures de peinture dans les cheveux. Elle le regarda en vain. Une casquette à oreillettes lui recouvrait entièrement la tête et dissimulait son étroit visage osseux. Sa maigre silhouette disparaissait dans un anorak bleu nuit. Le col relevé frôlait la barbe grisonnante de plusieurs jours qui assombrissait son menton.

« Bien sûr que je me souviens de toi, Petey, dit-elle. Qu'est-ce que tu fabriques ici ? »

Il se balança d'un pied sur l'autre. « Tu es drôlement mignonne, Rosie. Dommage que tes passagers les plus importants ne puissent jamais en profiter. »

L'allusion, bien sûr, était due au fait que Rosita conduisait parfois le fourgon funéraire.

« Très drôle, Petey. A un de ces jours. »

Elle commença à relever la vitre, mais la main de Petey l'arrêta.

« Hé, on pèle dehors. Est-ce que je peux m'asseoir dans la voiture ? J'ai quelque chose à te demander.

— Petey, M. Reilly va arriver d'une minute à l'autre, et...

— Ça prendra pas plus d'une minute. »

A contrecœur Rosita déverrouilla les portes. Elle s'attendait à ce qu'il fît le tour de la voiture et prît place à côté d'elle sur le siège du passager. Au lieu de quoi, rapide comme l'éclair, il ouvrit la porte arrière et se glissa sur la banquette.

Contrariée par cette irruption, elle se retourna vers l'arrière de la voiture dont les vitres teintées protégeaient les passagers de la vue du monde extérieur. Ce qu'elle vit la stupéfia. Pendant un moment, elle crut qu'il s'agissait d'une plaisanterie. Non, ce ne pouvait pas être un revolver que brandissait Petey !

« Il n'arrivera rien à personne si tu m'obéis, fit Petey d'un ton apaisant. Contente-toi de plaquer un gentil sourire sur ton joli minois jusqu'à ce que le roi des macchabées s'amène. »

Trois jours avant Noël

Un Luke Reilly à l'air las et préoccupé sortit de l'ascenseur et parcourut la courte distance qui le séparait de la porte de l'hôpital, sans même remarquer les décorations de Noël qui ornaient le hall. Une fois dehors, sous un ciel matinal cru et couvert, il aperçut avec soulagement sa limousine qui l'attendait au bout de l'allée.

En quelques pas, les longues jambes de Luke l'amenèrent jusqu'à la voiture. Il frappa à la vitre du côté du passager et, un instant plus tard, tourna la poignée de la portière arrière. Il l'avait refermée derrière lui quand il s'aperçut qu'il n'était pas seul sur la banquette.

Son infaillible mémoire des visages, ajoutée à la vue de boots éclaboussés de peinture, lui permit de reconnaître immédiatement l'individu armé d'un revolver qui lui faisait face. C'était l'attardé mental qui avait transformé la chambre mortuaire de son funérarium en cauchemar psychédélique.

« Au cas où vous ne me remettriez pas, je suis Petey le Peintre. J'ai travaillé pour vous l'an dernier. » Petey éleva la voix : « Démarre, Rosie, ordonna-t-il. Tourne à droite au coin et arrête-toi. C'est un kidnapping.

— Je me souviens de vous, dit calmement Luke. Mais je préfère vous voir avec un pinceau qu'avec une arme. Qu'est-ce que vous voulez ?

— Mon ami va vous expliquer tout ça quand il sera là. Drôlement confortable votre tire. » A nouveau, Petey haussa le ton. « Rosie, n'essaye pas un coup tordu comme allumer les feux de détresse. Pas question d'attirer l'attention des flics. »

Luke avait à peine dormi la veille, et il avait l'esprit confus. Il se sentait un peu détaché de la réalité, comme s'il rêvait ou regardait un film en somnolant à moitié. Il était assez attentif, cependant, pour deviner que ce kidnappeur imprévu n'avait probablement jamais tenu une arme de sa vie, ce qui le rendait deux fois plus dangereux. Il comprit qu'il ne pourrait pas tenter un geste pour maîtriser son ravisseur.

Rosita tourna au coin de la rue et s'apprêta à se garer, comme elle en avait reçu l'ordre. La voiture était à peine arrêtée que la porte du passager s'ouvrit et qu'un autre homme les rejoignit. Luke retint un cri de stupéfaction : le partenaire de Petey le

Peintre n'était autre que C.B. Dingle, le neveu déshérité de feu Cuthbert Boniface Goodloe.

Comme Petey, C.B. portait une casquette à oreillettes trop lâche qui recouvrait tant bien que mal son crâne dégarni et un épais anorak informe enveloppait sa panse rebondie. Son visage rond et pâle était à moitié caché par une moustache noire et fournie qu'il ne portait pas le jour précédent à la veillée funèbre. Avec une grimace, il se débarrassa de son postiche broussailleux et s'adressa à Luke.

« Merci d'être à l'heure, dit-il aimablement en tapotant sa lèvre. Je ne veux pas être en retard à l'enterrement de mon oncle. Mais je crains que vous ne puissiez *vous-même* y assister, monsieur Reilly. »

OÙ nous emmènent-ils ? se tourmentait Rosita tout en suivant les instructions de C.B., qui lui ordonnait de tourner à droite dans la 96e Rue et de prendre la direction du F.D.R. Drive Nord.

Elle avait vu C.B. la veille dans la chambre mortuaire, l'avait rencontré à deux reprises au funérarium alors qu'il accompagnait son oncle, qui passait son temps à changer ses dispositions concernant son dernier adieu au monde.

Elle sourit machinalement, se souvenant que Cuthbert Boniface Goodloe était venu un mois auparavant informer Luke que le restaurant qu'il avait choisi pour la réception des funérailles avait été fermé par le ministère de la Santé. Elle avait conduit M. Reilly, Goodloe et C.B. à l'Orchard Hill Inn, une auberge recommandée par M. Reilly à titre de remplacement. M. Reilly lui avait raconté par la suite que Goodloe avait minutieusement étudié la carte, éliminant les plats les plus coûteux du menu qui serait proposé à ses futurs invités.

Ce jour-là, C.B. comme à l'accoutumée s'était montré particulièrement obséquieux envers son oncle, ce qui manifestement ne lui avait rien rapporté. A la veillée funèbre, le jour précédent, on avait vu se presser les membres bouleversés et reconnaissants de l'association Graines Plantes Fleurs et Bourgeons du New Jersey, l'Etat des Jardins — généralement connue sous le nom de Fleurs et Bourgeons — dont l'objectif d'embellir tous les coins et recoins du New Jersey venait d'être soutenu par une manne d'un million de dollars qui arrivait à point nommé. La rumeur disait que les derniers mots du mourant à son neveu avaient été : « Trouve du boulot ! »

C.B. était-il soudain devenu fou ? Etait-il dangereux ? Et que nous veut-il, à M. Reilly et à moi ? se demandait Rosita, sentant ses paumes se glacer sur le volant, malgré ses gants.

« Direction le George Washington Bridge », ordonna C.B.

Au moins regagnaient-ils le New Jersey. Rosita se demanda si cela valait la peine d'implorer la pitié de C.B.

« Monsieur Dingle, vous savez certainement que j'ai deux petits garçons qui ont besoin de moi, dit-elle doucement. Ils ont cinq et six ans, et leur père ne s'est pas occupé d'eux et ne les a pas revus depuis plus d'un an.

— Mon père aussi était un salaud, répliqua sèchement C.B. Et ne m'appelez pas M. Dingle. Je déteste ce nom. »

La remarque n'échappa pas à Petey. « C'est un nom débile, renchérit-il. Mais tes deux autres prénoms sont pas mieux. Dieu merci, il y a les initiales. Monsieur Reilly, est-ce que vous imaginez que la mère de C.B. lui a refilé un nom comme Cuthbert Boniface en l'honneur du mari de sa sœur ? Et ensuite, quand le vieux schnock casse sa pipe, voilà qu'il allonge presque toute sa fortune à ces stupides Fleurs et Bourgeons ? Peut-être qu'ils donneront son nom à une nouvelle espèce de plante vénéneuse.

— J'ai passé ma vie à prétendre que j'aimais ces noms de taré ! dit C.B. d'un ton rageur. Et qu'est-ce que j'en tire ? L'entendre me conseiller de bosser, trois secondes avant qu'il clamse.

— J'en suis navré pour vous, C.B., dit Luke fermement. Mais vos problèmes ne nous concernent pas. Pourquoi sommes-nous ici ou, plus précisément, pourquoi vous et Petey vous trouvez-vous dans ma voiture ?

— Permettez-moi d'être d'un autre avis », commença C.B.

Petey l'interrompit :

« J'aime vraiment ta façon de parler. C'est drôlement classe.

— La ferme, Petey, aboya C.B. Mon problème vous concerne tout à fait, monsieur Reilly. Et votre femme va avoir un million de façons de le résoudre. »

Ils étaient au milieu du George Washington Bridge.

« Petey, indique à Rosie où tourner. Tu connais la route mieux que moi.

— Prends la sortie de Fort Lee, commença Petey. On va vers le sud. »

Quinze minutes plus tard, la voiture s'engagea dans une route étroite qui longeait l'Hudson River. Rosita était au bord des larmes. Ils atteignirent un parking désert qui longeait la rivière ; face à eux, Manhattan se découpait sur le ciel. Sur la gauche se dressait la haute structure d'un gris menaçant du George Washington Bridge. Le flot ininterrompu des voitures dans les deux sens et sur les deux niveaux augmentait le sentiment d'isolement qui s'était emparé de Rosita. Elle fut soudain saisie d'épouvante à la pensée que C.B. et Petey avaient peut-être projeté de les tuer et de jeter ensuite leurs corps dans le fleuve.

« Sortez de la voiture, ordonna C.B. N'oubliez pas que nous sommes armés, Petey et moi, et que nous savons comment manier un revolver. »

Petey pointa son arme vers la tête de Luke, l'obligeant à quitter l'intérieur confortable de sa voiture à la suite de Rosita. Il fit tourner rapidement son arme autour de son index. « J'ai vu le Gaucher faire ça. Je deviens sacrément bon pour les moulinets. »

Luke haussa les épaules.

« Je vais vous accompagner, lui dit C.B. Nous n'avons pas de temps à perdre. Je dois assister aux funérailles. »

Ils furent contraints de marcher le long de la berge, dépassèrent une marina désertée, arrivèrent à un étroit ponton où était ancré un house-boat en piteux état dont les hublots étaient tous condamnés. Le bateau se balançait, oscillant au rythme du clapot qui venait frapper ses flancs. Luke constata dès le premier coup d'œil que la vieille embarcation flottait dangereusement bas sur l'eau.

« Regardez, la glace commence à se former au bord de l'eau. Vous ne pouvez pas nous laisser passer la nuit ici par un froid pareil, protesta Luke.

— C'est vraiment chouette en été, dit Petey. C'est moi qui m'occupe du bateau pour le type qui en est propriétaire. Il passe l'hiver en Arizona. Il souffre d'arthrite.

— On n'est pas en juillet, répliqua sèchement Luke.

— Il arrive qu'il fasse mauvais en juillet aussi, fit Petey. Un jour, on a eu un orage de tous les diables et...

— Boucle-la, Petey, grommela C.B. Je te l'ai déjà dit, tu parles trop.

— C'est ce que tu ferais si tu restais douze heures par jour à repeindre des pièces. Quand je me trouve avec des gens, j'aime parler. »

C.B. secoua la tête. « Il me rend cinglé, marmonna-t-il entre ses dents. Maintenant faites attention en montant à bord, dit-il à Rosita. Je n'ai pas envie de vous voir glisser.

— Vous ne pouvez pas nous faire ça. Je dois rentrer à la maison m'occuper de mes petits garçons », cria Rosita.

Luke perçut la note d'hystérie qui montait dans la voix de Rosita. La pauvre petite est morte de frayeur, pensa-t-il. Elle a quelques années de moins que Regan et la charge de deux enfants. « Aidez-la ! » dit-il sèchement.

De sa main libre, Petey saisit le bras de Rosita pendant qu'elle posait un pied hésitant sur le pont du bateau à l'équilibre instable.

« Vous savez y faire avec les gens, monsieur Reilly, le complimenta C.B. Espérons que vous aurez autant de succès pendant les prochaines vingt-quatre heures. »

Petey déverrouilla et ouvrit la porte de la cabine d'où une odeur de moisi s'échappa dans l'air froid du dehors.

« Beurk, fit Petey. Cette puanteur vous saute aux narines à chaque fois.

— Fais quelque chose, Petey, ordonna C.B. Je t'avais dit d'acheter une bombe d'Air Wick.

— Quelle sollicitude », railla Rosita en suivant Petey à l'intérieur.

Le regard de Luke se porta vers Manhattan qui se profilait à l'horizon, puis remonta jusqu'au George Washington Bridge, embrassant du même coup le petit phare rouge en contrebas. Je me demande si je reverrai tout ça un jour, pensa-t-il, tandis que C.B. pressait son revolver au creux de ses reins.

« Entrez, monsieur Reilly. Ce n'est pas le moment d'admirer le paysage. »

Petey alluma le maigre plafonnier et C.B. referma la porte derrière eux.

Sur un côté du misérable carré était installée une table de Formica entourée d'une banquette de cuir craquelé ; à l'opposé, une couchette du même cuir.

Tout le mobilier était intégré. Près de la table, un petit réfrigérateur, un évier et une gazinière. Luke comprit que les deux portes sur la gauche conduisaient probablement à une cabine et à ce qui tenait lieu de salle de bains.

« Oh, non ! » s'exclama Rosita d'une voix étouffée.

Luke suivit son regard et s'aperçut avec consternation que deux chaînes étaient boulonnées aux parois du carré. C'était le genre d'entraves pour les pieds et les mains généralement utilisées lorsque l'on amenait les criminels dans les salles d'audience des tribunaux.

« Assieds-toi ici, indiqua Petey à Rosita. Garde-la à l'œil, C.B., pendant que je lui fixe les menottes.

— Je garde tout le monde à l'œil, répliqua C.B d'un air sentencieux. Installez-vous là, monsieur Reilly. »

Si j'étais seul, je tenterais de lui arracher son arme, pensa amèrement Luke, mais je ne peux pas risquer la vie de Rosita.

Un instant plus tard, il était assis et enchaîné à la banquette, Rosita en face de lui sur la couchette.

« J'aurais dû demander si l'un de vous voulait

utiliser les toilettes, mais c'est trop tard à présent, vous n'aurez plus qu'à patienter, dit C.B. d'un ton guilleret. Je ne veux pas arriver en retard à l'enterrement de mon oncle. Après tout, c'est *moi* qui mène le deuil. Et Petey doit se débarrasser de votre voiture. A notre retour, il vous apportera de quoi manger. Je n'aurai pas faim pour ma part. Mon oncle m'offre à déjeuner aujourd'hui, n'est-ce pas, monsieur Reilly ? »

C.B. ouvrit la porte et Petey éteignit la lumière. Un instant plus tard, la porte se referma avec un claquement, et Luke et Rosita entendirent le grincement de la clé qui tournait dans la serrure rouillée.

Enfermés dans l'obscurité peuplée d'ombres, ils restèrent un moment silencieux, sentant le bateau osciller, prenant conscience de la précarité de leur situation.

Puis Rosita demanda doucement :

« Monsieur Reilly, que va-t-il nous arriver ? »

Luke choisit ses mots avec soin :

« Ils nous ont déjà laissé entendre qu'ils voulaient de l'argent. En supposant qu'ils ne désirent rien d'autre, je vous assure qu'ils l'obtiendront.

— Je m'inquiète seulement pour mes enfants.

Ma baby-sitter habituelle est absente jusqu'à la semaine prochaine, et je n'ai pas confiance dans la fille qui la remplace. Elle a prévu d'aller danser ce soir. Elle ne voulait pas travailler aujourd'hui, et j'ai dû la supplier. Elle m'attend à la maison vers trois heures.

— Elle ne laissera pas les enfants seuls.

— Vous ne la connaissez pas, monsieur Reilly, elle ne raterait pas ce bal pour tout l'or du monde, affirma Rosita avec un tremblement dans la voix. Il faut que je rentre à la maison. Je dois absolument rentrer. »

REGAN ouvrit les yeux, s'assit tant bien que mal, passa ses jambes par-dessus le bord du lit, et bâilla. Engourdie, elle posa les pieds sur la descente de lit. Sa chambre dans l'appartement de ses parents, situé Central Park South, était aussi confortable et familière que celle de la maison du New Jersey où elle avait grandi. Aujourd'hui, toutefois, elle ne s'attarda pas à savourer l'agréable décor dans les tons pêche et vert pâle. Elle avait l'impression d'avoir dormi une éternité, mais un coup d'œil au réveil la rassura, il n'était même pas deux heures de l'après-midi. Elle voulait téléphoner à l'hôpital pour prendre des nouvelles de sa mère, et ensuite joindre son père. Force lui était de constater qu'outre les effets du choc qui l'avait secouée à l'annonce de l'accident de sa mère joints à la fatigue du vol de nuit, elle se sentait gagnée par une anxiété indéfinissable. Une douche rapide devrait me ragaillardir, pensa-t-elle, puis je me mettrai en route.

Elle téléphona à La Parisienne, le café situé en bas dans la rue, et commanda son habituel petit déjeuner : jus d'orange, café, et un bagel toasté avec du fromage blanc. C'est ce que j'aime tant à New York, se dit-elle. Lorsque je sortirai de ma douche, le livreur sonnera à ma porte.

Le jet d'eau chaude puissant soulagea les courbatures qui lui raidissaient le dos et les épaules. Elle se lava rapidement les cheveux, sortit de la douche, s'enveloppa dans un peignoir de bain, et enroula une serviette autour de sa tête.

Dix secondes plus tard, le visage brillant de crème hydratante, elle ouvrait la porte au livreur, reconnaissante qu'il feignît de ne pas remarquer son apparence. Je parie que, dans son travail, il est habitué à en voir de toutes les couleurs, se dit-elle. Il lui adressa pourtant un large sourire quand elle lui offrit un généreux pourboire.

Quelques instants plus tard, assise dans la cuisine, le bagel tiré de son emballage, sa tasse de café à la main, elle téléphona à sa mère dans sa chambre d'hôpital. Elle savait que l'infirmière aurait dû être là, mais personne ne répondit. La sonnerie est peut-être coupée, pensa-t-elle. Elle raccrocha et appela le bureau des infirmières à l'étage.

Elle eut l'impression d'attendre des minutes interminables avant d'entendre la voix professionnelle, chaleureuse et rassurante de Beverly Carter. Beverly avait pris son service auprès de sa mère le matin même, au moment où Regan quittait la chambre, et bien qu'elles n'aient échangé que quelques mots, Regan avait immédiatement apprécié cette femme noire d'une quarantaine d'années, à la silhouette élancée, que le chirurgien lui avait présentée comme l'une des meilleures infirmières privées de l'hôpital.

« Bonjour, Beverly. Comment va ma mère ?

— Elle dort depuis votre départ.

— J'en ai fait autant de mon côté, dit Regan en riant. Quand elle se réveillera, dites-lui que j'ai téléphoné. Avez-vous eu des nouvelles de mon père ?

— Pas jusqu'à présent.

— C'est curieux. Il est vrai qu'il devait assister à ces fichues funérailles. Je vais l'appeler. Prévenez ma mère qu'elle peut toujours me joindre sur mon portable. »

Regan composa ensuite le numéro du funérarium. Austin Grady, le numéro deux de « Soyez en paix chez Reilly », comme Regan et sa mère avaient surnommé la société, répondit. Quand il décrocha, ses propos furent, comme à l'accoutumée, empreints d'une bienséante réserve.

« Austin, c'est Regan. »

La voix sévère prit un ton enjoué : « Bonjour, Regan. »

Regan était toujours étonnée par la rapidité avec laquelle Austin savait changer d'attitude, son comportement immédiat étant dicté par les exigences de sa profession. Ainsi que Luke le faisait remarquer, Austin était parfaitement adapté à son travail. Tel un chirurgien, il était capable de s'isoler entièrement des émotions de son entourage.

« Mon père est-il là ? demanda-t-elle.

— Non, je ne lui ai pas parlé depuis qu'il a demandé ce matin qu'on lui envoie une voiture. Votre pauvre mère », s'apitoya-t-il d'un ton étrangement guilleret. « Qu'allez-vous faire maintenant ? Je sais que votre père attendait ce voyage à Hawaï avec impatience. J'ai appris qu'elle s'était pris les pieds dans un tapis que vous lui aviez rapporté d'Irlande.

— Oui », dit vivement Regan, envahie à nouveau par un désagréable sentiment de culpabilité. Comme le disait toujours sa meilleure amie, Kit : « La culpabilité est un cadeau qu'on ne finit jamais de recevoir. »

« Austin, mon père nous a prévenues qu'il devait assister à un enterrement aujourd'hui. Vous ne l'y avez donc pas vu ?

— Non, mais la cérémonie s'est parfaitement déroulée. Le défunt l'avait préparée pendant des années. Votre père a sans doute jugé que sa présence n'était pas indispensable. » Austin émit un gloussement. « En ce moment précis, toute l'assistance est en train de savourer un excellent déjeuner aux frais dudit défunt. Il a laissé l'essentiel de sa fortune à l'association Fleurs et Bourgeons. Ils sont tous au restaurant et semblent plutôt joyeux. Ils ont hérité de suffisamment d'argent pour acheter un arrosoir pour chaque plante qui pousse dans le New Jersey.

— Tant mieux pour eux, dit Regan.

— Votre père a rendez-vous chez son dentiste à quinze heures trente. Cela m'étonnerait qu'il n'y aille pas.

— Merci, Austin. »

Regan raccrocha et composa le numéro du téléphone portable de Luke. Au bout de plusieurs sonneries, le répondeur se mit en marche. En écoutant la voix familière de son père prier son correspondant de laisser un message, Regan fut envahie par un obscur pressentiment. Personne n'avait eu de nouvelles de lui depuis des heures ; il n'avait même pas pris des nouvelles de sa mère. Elle laissa un message, lui demandant de rappeler.

Elle but lentement son café et réfléchit. Bon, je ne vais pas rester plantée ici, décida-t-elle. Elle regarda la pendule. Il était quatorze heures trente-cinq. Elle appela le cabinet du dentiste pour s'assurer que son père n'avait pas annulé son rendez-vous.

« Voulez-vous lui demander de m'attendre ?

demanda-t-elle à la réceptionniste. Je quitte Manhattan dans quelques minutes et ne devrais pas mettre plus d'une heure pour arriver.

— Entendu », promit son interlocutrice.

Regan se sécha les cheveux et s'habilla en vitesse. Lorsque mon cher père en aura terminé avec son dentiste, nous irons faire des courses, pensa-t-elle. Puis nous retournerons en ville et rendrons visite à maman.

Mais tandis qu'elle enfilait son manteau et se hâtait pour héler un taxi, Regan eut l'intuition confuse que l'après-midi ne se déroulerait pas comme prévu.

DEPUIS combien de temps Rosita et lui étaient-ils enfermés dans ce house-boat sombre et glacial ? Luke avait perdu la notion du temps. Il lui semblait être là depuis des heures. Ils auraient pu au moins laisser la lumière allumée, enrageait-il.

Après le départ de C.B. et de Petey, Luke avait

tenté de rassurer Rosita. « Fiez-vous à mon instinct. Lorsque ces deux crétins reviendront, ils nous diront ce qu'ils veulent. Puis, une fois qu'ils l'auront obtenu, ils nous laisseront filer.

— Mais nous pouvons les identifier, monsieur Reilly. Pensez-vous vraiment qu'ils seront stupides à ce point ?

— Rosita, personne d'autre ne serait aussi bête, mais je crois cette paire de truands incapable de réfléchir une seconde. On ne mettra pas longtemps à constater notre disparition. N'oubliez pas que ma fille est détective, et qu'elle mettra la terre entière à notre recherche.

— Du moment que quelqu'un s'occupe de mes enfants. J'ai tellement peur que cette écervelée ne les laisse à quelqu'un qu'ils ne connaissent pas. Mon petit dernier, en particulier, est affreusement timide.

— Dès qu'elle s'apercevra de notre disparition, je peux vous assurer que Regan s'occupera de leur sécurité. »

Ils étaient restés sans parler pendant un long moment. A peine trois mètres le séparaient de la couchette où Rosita était enchaînée. S'était-elle assoupie ? Le clapotis de l'eau contre les flancs du bateau l'empêchait d'entendre le moindre mouvement de sa part.

« Rosita », appela-t-il doucement.

Avant qu'elle n'eût le temps de répondre, un bruit sur le pont les fit sursauter tous les deux. Le grincement de la clé dans la serrure mit fin à l'espoir de Luke de voir surgir par miracle un sauveteur.

La porte s'ouvrit. Un mince trait de lumière et un souffle d'air froid précédèrent Petey et C.B. dans la cabine.

« Comment se portent nos campeurs ? demanda jovialement C.B. au moment où Petey allumait la lumière du plafond. J'espère que vous n'êtes pas végétariens. Nous avons acheté des sandwichs au jambon et au fromage. »

Les deux hommes apportaient des sacs en papier.

C'est avec un sentiment mitigé que Luke remarqua la petitesse des sacs. Soit ils avaient l'intention de les libérer à brève échéance, soit ils comptaient se ravitailler sur place dans les fast-foods des environs d'Edgewater.

« L'un de vous désire-t-il aller aux toilettes ? » demanda Petey avec sollicitude.

Luke et Rosita hochèrent la tête ensemble.

« Honneur aux dames », dit Petey. Il libéra les entraves des poignets et des chevilles de Rosita. « Vous pouvez fermer la porte, mais c'est pas la peine de gamberger. D'ailleurs, il n'y a pas de fenêtre. »

Rosita regarda Luke et eut un petit sourire résigné.

Quand ce fut au tour de Luke de se trouver dans la minuscule cabine, il calcula les possibilités d'évasion et se rendit compte qu'elles étaient inexistantes. Même s'il parvenait à maîtriser Petey au moment où il l'enchaînerait à nouveau, C.B. se tiendrait là, avec son pistolet braqué sur Rosita. Je n'ai pas d'autre solution que de jouer leur jeu, pensa-t-il.

C.B. regarda Luke, Rosita et Petey mastiquer leurs sandwichs, se contentant pour sa part de boire un café. « Je suis repu, dit-il à Luke. Le restaurant que vous aviez conseillé n'était pas mauvais. Le veau à la "parmigiana" est le meilleur que j'aie mangé depuis des années. Je suis même surpris d'avoir pu digérer mon repas, obligé que j'étais de le partager avec ces crétins de l'association Fleurs et Bourgeons. Heureusement la pensée de vous retrouver tous les deux ici m'a permis de tenir le coup. »

« Tu aurais pu me ramener du veau, ronchonna Petey. Le pain de seigle est rassis. Ils n'ont pas mis assez de mayonnaise sur le mien. » Il jeta un coup d'œil envieux au sandwich de Luke. « Echangeons. Filez-moi la moitié du vôtre. »

Luke prit la seconde moitié de son sandwich et en mordit une grosse bouchée. Il le reposa sur le papier d'emballage. « Je vous en prie, prenez-le. »

Le désappointement qui se peignit sur le visage de Petey l'emplit d'une satisfaction démesurée.

Petey se tourna vers Rosita. « Pas de dessert pour le patron. Tu peux avoir ses biscuits au chocolat.

— Plutôt mourir.

— Maintenant que nous sommes une grande et heureuse famille, parlons affaires. »

C.B. écrasa son gobelet de café et le fourra dans le sachet d'emballage.

« Fais gaffe, il reste des cornichons à l'intérieur », protesta Petey.

C.B. grommela et déversa le contenu du sac sur la table de Formica rayée.

« Ne sois pas en rogne contre moi, dit Petey. Je n'ai pas eu de déjeuner de luxe, moi. J'ai l'impression d'avoir passé ma journée dans le bus. Après avoir largué la voiture à Kennedy, j'ai dû prendre le car jusqu'à Port Authority. Puis j'en ai attendu un autre pour Edgewater. Et ensuite, je t'ai attendu à l'arrêt du bus. Tu es trop radin pour m'offrir un taxi. Et *toi* tu as passé ta journée dans une belle bagnole bien chauffée...

— La ferme ! »

Mais Petey n'avait pas fini.

« J'avais sorti mes quatre dollars au moment de traverser le George Washington Bridge. Ensuite, pendant que je fais la queue avant d'arriver au guichet, je m'aperçois qu'il y a une carte d'abonnement sur le plancher de la bagnole. Alors, je l'ai remise sur le pare-brise et j'ai changé de file en vitesse. Un abruti a failli me rentrer dedans. Il s'est mis à klaxonner comme un malade. Et je t'ai économisé encore du fric quand j'ai pris le Triborough Bridge. Tu aurais dû remarquer la carte quand tu es monté à l'avant. Ça me surprend de ta part. »

C.B. roula des yeux furibonds. « Tu as utilisé la carte d'abonnement ? Tu es fou ou quoi ! Je l'avais ôtée du pare-brise pour qu'on ne puisse pas nous repérer. Maintenant ils peuvent vérifier et découvrir où elle a été utilisée.

— Tu crois ? » Petey avait l'air consterné. « Mince alors. Qu'est-ce qu'ils sont capables d'inventer maintenant ! » Il se tourna vers Luke et Rosita. « C.B. est tellement intelligent. Il lit beaucoup de romans policiers. Moi je n'ai jamais eu la chance de lire. » Il s'adressa à Luke : « Monsieur Reilly, je sais qu'il aime particulièrement les romans de votre femme. Je crois même qu'il en a un dédicacé.

— Lorsque vous nous relâcherez, je lui en procurerai un autre, assura Luke. Et pouvez-vous me dire ce qui va se passer maintenant ? »

Petey prit un cornichon.

« Explique notre plan, C.B. Il est formidable. Dans quelques jours, nous serons sur une plage quelque part avec un million de dollars dans notre valise. »

C.B. interrompit Petey : « Je ne vais pas te le répéter, Petey. Boucle-la une fois pour toutes ! » Il retira les téléphones portables confisqués à Luke et Rosita de la pochette de cuir dans laquelle il les avait cachés. « Monsieur Reilly, il est presque seize heures trente. Nous allons entrer en contact avec votre famille et leur dire que nous voulons un million de dollars dès demain après-midi. »

Rosita sursauta.

« Un million de dollars ? »

Petey continua d'une voix de fausset : « Il a des salons funéraires dans tout le New Jersey, et sa femme vend des quantités de livres. Dis donc, C.B., peut-être qu'on pourrait demander davantage. »

C.B. l'ignora.

« Je vous garantis que ma famille vous remettra cet argent, dit Luke avec prudence. Mais nous sommes jeudi après-midi, et c'est la période de Noël. Je ne crois pas qu'ils puissent l'obtenir d'ici demain.

— Croyez-moi, ils le peuvent, dit C.B. S'ils le veulent.

— Il l'a lu dans un livre, expliqua Petey. Les banques font des exceptions pour les gens importants, comme leur ouvrir leur porte à n'importe quelle heure. Et vous êtes quelqu'un d'important.

— Mais ma femme est à l'hôpital, protesta Luke.

— Nous le savons. Où croyez-vous que nous vous avons enlevé ? dit C.B. Maintenant, à qui voulez-vous que nous téléphonions ?

— A ma fille. Elle vient d'arriver de Californie.

Elle trouvera l'argent. » Il leur communiqua le numéro du portable de Regan. « 310-555-4237. »

Petey gribouilla le numéro sur un coin du sac en papier qu'il avait déchiré. « Répétez-le. »

Luke répéta lentement les chiffres.

C.B. composa le numéro.

« CET implant n'a opposé aucune résistance, affirma le Dr Jay à Alvirah. J'ai mis Willy sous oxygène, mais j'aimerais que vous attendiez un peu avant de le ramener chez vous. Il est encore groggy.

— Le gaz hilarant le met toujours K.-O., expliqua Alvirah. Mais il avait hâte que ce soit terminé. Il souffrait tellement.

— Bon, laissez-le se reposer pendant un ou deux jours et il sera complètement remis. Les antibiotiques devraient venir à bout de l'infection. » Derrière ses lunettes, le visage amène du Dr Jay s'éclaira d'un sourire. « Il pourra profiter des fêtes de Noël. Je vous avoue que, pour ma part, je les attends avec impatience. » Il jeta un coup d'œil à sa montre. « Encore un patient et je serai en vacances.

— Vous avez des projets ? demanda Alvirah animée de son habituel intérêt pour tout ce qui concernait les allées et venues de ses congénères.

— Ma femme et moi emmenons les enfants skier dans le Vermont.

— Formidable. » Alvirah secoua la tête. « Lorsque nous avons gagné au loto, j'ai établi une liste de tout ce j'avais toujours voulu faire durant mon existence. Le ski en faisait partie. Mais je n'ai pas encore eu l'occasion de m'y mettre. »

L'expression inquiète du Dr Jay ne lui échappa pas. « Je parie que vous m'en croyez incapable, fit-elle d'un air de défi.

— Alvirah, je vous connais depuis suffisamment longtemps. Rien de ce que vous faites ne peut me surprendre. »

Alvirah se mit à rire.

« Ne vous inquiétez pas. Ce n'est pas demain que je vous rentrerai dedans sur les pistes. La météo annonce une forte chute de neige, vous devriez avoir des conditions magnifiques pour skier.

— Si elle tombe demain, nous serons déjà sur

place. Nous partons ce soir. » Le Dr Jay regarda en direction de la porte. « Il n'est jamais en retard », murmura-t-il, plus pour lui-même que pour Alvirah, puis il ajouta : « Je vais voir comment se porte Willy et commencer à mettre un peu d'ordre dans mes affaires. »

Une fois qu'il fut sorti, Alvirah s'avoua qu'elle s'était sincèrement inquiétée pour Willy — plus qu'elle n'avait voulu l'admettre. Willy avait toujours eu une santé de fer. Elle n'avait jamais imaginé qu'il puisse un jour souffrir de quelque chose de sérieux. Elle était tellement plongée dans ses pensées que la sonnerie de la porte la fit sursauter. C'était sans doute le dernier patient. Commandée à distance, la porte s'ouvrit automatiquement.

Alvirah comprit tout de suite que la mince jeune femme brune qui pénétrait dans la pièce n'était pas le patient attendu par le Dr Jay. Elle l'avait nettement entendu dire qu'*il* n'était jamais en retard.

Elle jaugea la nouvelle venue d'un coup d'œil rapide : la trentaine, très séduisante, vêtue d'une élégante veste de daim, d'un jean et de boots ; visiblement préoccupée. Elle adressa un sourire bref à Alvirah tout en contemplant le bureau désert de la réception.

« Tout le monde est rentré chez soi à l'exception du Dr Jay, la renseigna aimablement Alvirah. Il attend son dernier patient. »

L'expression soucieuse de la jeune femme s'accentua.

Le Dr Jay apparut dans l'embrasure de la porte.

« Content de vous voir, Regan. Où est votre père ? Il m'empêche de partir en vacances.

— J'espérais le trouver ici, dit la jeune femme.

— Il devrait arriver d'une minute à l'autre. Il avait rendez-vous il y a une demi-heure.

— C'est tellement inhabituel de sa part d'être en retard.

— La circulation est épouvantable ce soir. »

Le Dr Jay accompagna ses paroles d'un geste de la main.

L'expression de Regan resta néanmoins troublée.

« Quelque chose vous tracasse ? » demanda-t-il.

Regan s'approcha de lui et baissa la voix, précaution inutile car Alvirah Meehan aurait pu entendre une souris éternuer dans la pièce à côté. « Tout est arrivé si soudainement », commença-t-elle, et elle raconta brièvement l'accident de sa mère.

C'est donc elle ! s'étonna intérieurement Alvirah : la fille de Nora Reilly ! Bien sûr ! Son visage me semblait familier. Elle est détective, comme moi. Excepté qu'elle, elle a une licence. Alvirah se redressa sur son fauteuil et pencha la tête, priant le ciel qu'ils n'aillent pas poursuivre leur conversation dans le bureau privé du Dr Jay.

« J'avais prévu de faire des courses avec mon père cet après-midi une fois qu'il vous aurait vu, disait Regan. Comme nous avions projeté d'aller à Hawaï, il n'y a ni arbre de Noël ni la moindre provision à la maison. »

J'adore Hawaï, approuva Alvirah *in petto*.

« Ce qui m'inquiète, continua Regan, c'est de ne pouvoir joindre mon père sur son portable, et qu'il n'ait pas téléphoné à maman depuis qu'il l'a quittée dans sa chambre d'hôpital ce matin. Et maintenant il n'est pas chez vous. Tout cela lui ressemble si peu ! »

Elle paraissait abattue.

Oh, oh, pensa Alvirah. Elle a raison. Il y a quelque chose qui cloche.

« Attendons, nous verrons bien, tenta de la rassurer le Dr Jay. Il va bientôt arriver. A moins qu'il n'ait tout simplement oublié son rendez-vous. Avec ce qui s'est passé aujourd'hui, il est normal qu'il ait l'esprit ailleurs. Je suis sûr qu'il y a une explication logique à son retard. »

Il se tourna vers Alvirah.

« Willy devrait pouvoir partir dans un quart d'heure.

— Je ne suis pas pressée », répondit-elle, se félicitant que Willy ne soit pas encore prêt à franchir la porte.

Elle observa Regan qui allait nerveusement à la fenêtre, surveillait le parking, revenait s'asseoir dans le fauteuil en face du canapé.

Au bout de quelques minutes, Alvirah se pencha en avant. « Je voulais vous dire que j'adore les livres de votre mère. Je les ai tous lus sans exception. J'ai été navrée en apprenant qu'elle avait eu un accident. J'ai compris que vous étiez inquiète pour votre père, mais croyez-moi, lorsqu'il arrive quelque chose à leur épouse, les maris ne sont plus bons à rien. Ils oublient tout. »

Regan eut un petit sourire. « J'espère que vous avez raison. Je vais essayer de le rappeler. » Elle sortit son portable et composa un numéro. « Pas de réponse, dit-elle. Je vais tenter ma chance à l'hôpital. »

Pourvu qu'il y soit ou qu'il ait téléphoné, pria

Alvirah pendant que Regan s'entretenait avec l'infirmière de sa mère.

Regan referma son téléphone. « Ma mère dort encore, ce qui est bien. Aucune nouvelle de mon père, ce qui l'est moins. » Elle se leva et retourna pour la énième fois à la fenêtre.

Alvirah aurait voulu la rassurer, mais elle savait qu'il n'y avait rien à dire. Et s'il était arrivé quelque chose à Luke Reilly ?

Plus de quinze minutes s'écoulèrent et il n'était toujours pas là.

« Bon, Alvirah, vous pouvez récupérer votre malade », annonça le Dr Jay en entrant dans la salle d'attente, une main passée sous le bras de Willy.

« Hello, mon chou, dit faiblement Willy.

— Ramenez-le chez vous et laissez-le dormir jusqu'à ce que les effets de l'anesthésie soient passés, recommanda le Dr Jay. Et passez de bonnes vacances. » Il se tourna vers Regan. « Aucune nouvelle ?

— Docteur, je suis persuadée que mon père ne viendra plus ce soir. Je vais appeler un taxi et rentrer à la maison. Je l'y retrouverai sans doute.

— Vos parents ont leur résidence à Summit,

n'est-ce pas ? » demanda Alvirah, mais elle n'attendit pas la réponse. « Je le sais. Je l'ai lu sur la jaquette des livres de votre mère. Nous avons une voiture avec chauffeur qui nous attend dehors. Nous vous déposerons chez vous. Allons-y, Willy. »

Avant de pouvoir protester, Regan se retrouva assise à côté d'Alvirah à l'arrière d'une élégante limousine noire. Les jambes étendues, les yeux fermés, Willy était affalé sur le siège opposé.

« J'ai pris trois leçons de conduite en trois ans, expliqua Alvirah. Les moniteurs trouvaient toujours de bonnes raisons pour me refiler à quelqu'un d'autre. » Elle rit. « Je ne leur en veux pas. Vous n'imaginez pas toutes les bornes de parking que j'ai pu emboutir. »

Regan sourit. Alvirah lui avait tout de suite été sympathique, et elle se souvenait maintenant d'avoir entendu citer son nom. Alors que la voiture s'engageait sur la route principale, elle dit : « Il me semble vous connaître. Votre nom ne m'est pas étranger. »

Le visage d'Alvirah rayonna de satisfaction. « Je sais que vous êtes détective, et disons que nous faisons un peu le même métier. En certaines circonstances, il m'est arrivé d'aider la police. Et de faire ensuite le récit des événements pour *The Globe*. Je suis ce qu'on pourrait appeler un reporter criminel occasionnel.

— Occasionnel n'est pas le mot qui convient, rectifia Willy sans ouvrir les yeux. Alvirah marche toujours pleins gaz, elle cherche les ennuis. »

Regan éclata de rire. « Ma mère m'a envoyé certains de vos articles. Elle les appréciait et pensait que ces affaires pourraient m'intéresser. Elle ne se trompait pas. » Le manteau d'Alvirah était ouvert. Regan se pencha vers elle. « Est-ce votre fameuse broche avec le micro incorporé ?

— Je ne sors jamais sans l'agrafer à ma veste », répondit fièrement Alvirah.

Regan fouilla dans sa poche. « Je vais essayer de joindre mon père à son bureau. »

Mais il n'y avait rien de nouveau : Austin Grady n'avait toujours aucune nouvelle de Luke.

Avec un soupir, Regan coupa la communication.

Pendant les cinq minutes suivantes, Alvirah fit un commentaire continu sur les décorations de Noël des maisons devant lesquelles ils passaient. A la fin, Regan indiqua : « Voilà notre maison, sur la gauche.

— Oh, elle est exquise », s'exclama Alvirah, tendant le cou pour mieux voir. « Beaucoup plus jolie que celles où je faisais le ménage, je peux vous l'assurer. »

Il était clair qu'il n'y avait personne à l'intérieur. Contrairement à ses voisines, la résidence des Reilly était plongée dans l'obscurité.

La longue allée d'accès se prolongeait jusqu'au garage à l'arrière de la maison. Le chauffeur s'arrêta devant le chemin pavé qui menait à la porte d'entrée.

« Permettez-moi de vous accompagner à l'intérieur pendant que vous écoutez vos messages », proposa Alvirah, une note soucieuse dans la voix.

Regan comprit ce que signifiait la proposition d'Alvirah. Si un accident était arrivé à son père, il y aurait peut-être un message sur le répondeur. « Tout ira bien, Alvirah. Je ne sais comment vous remercier. Mais il faut que vous rameniez Willy chez vous. »

A regret, Alvirah la regarda monter les marches du perron et disparaître à l'intérieur. La voiture démarra lentement le long de l'allée. Ils venaient de s'engager dans la rue lorsque la sonnerie aigrelette d'un téléphone portable fit sursauter Alvirah. Je n'ai pas emporté le mien, se souvint-elle. Puis elle l'aperçut. Le portable que Regan avait utilisé précédemment était posé sur le siège à côté d'elle, son clignotant vert allumé.

Je vais répondre, se dit-elle. Je parie que c'est son père. Elle s'en empara et l'ouvrit d'un geste vif.

« Allô, mugit-elle.

— Regan ? »

La voix était basse et rauque.

« Je vais la chercher, dit Alvirah en criant au chauffeur de rebrousser chemin. Etes-vous son père ?

— C'est un message de sa part.

— Ah bon ! »

Tandis qu'elle se précipitait hors de la voiture et remontait en courant vers la maison, elle n'entendit pas le commentaire de C.B. à l'adresse de Luke : « J'ignore qui est la femme qui a répondu au téléphone, mais elle a une voix de clairon. »

FRED Torres suspendit son uniforme et claqua la porte de son casier. « Terminé pour deux semaines, Vince, dit-il à son coéquipier. Je vais jeter l'ancre ailleurs en ce qui me concerne.

— Moi aussi j'aimerais aller en croisière dans les Caraïbes, dit Vince Lugano en enfilant un sweater. Lorsque tu te tiendras sur le pont avec une bière à la main, je serai en train de me creuser la cervelle pour monter une voiture de pompiers et une maison de poupée. »

Les petites rides qui bordaient les yeux brun foncé de Fred se plissèrent. Il sourit.

« Tu adores ça.

— C'est vrai », admit Vince en regardant affectueusement l'homme qui était devenu son meilleur ami depuis qu'ils étaient entrés dans la police de Hoboken, New Jersey, six ans plus tôt.

Fred avait vingt-huit ans, un peu moins d'un mètre quatre-vingts, un corps mince et musclé. Son teint mat, ses cheveux noirs et son physique agréable faisaient de lui la cible idéale pour tous ses amis bien intentionnés qui avaient une sœur ou une cousine à caser. A son retour de vacances, il entamerait son dernier semestre à l'école de droit de Seton Hall.

Vince avait le même âge, cinq centimètres et dix kilos de plus, des cheveux blonds et des yeux couleur noisette. Il ne s'était jamais intéressé qu'à sa copine de lycée, qu'il avait épousée cinq ans auparavant.

« A quelle heure pars-tu ? demanda Vince.

— J'ai un vol demain matin à huit heures.

— Est-ce que tu viens à la fête de Mike ce soir ?

— Bien sûr.

— On se revoit là-bas. »

Fred avait prévu de regagner directement son appartement dans un petit immeuble de pierre au sud de la ville. Mais, en arrivant à l'angle de sa rue, il eut le regard attiré par la profusion de poinsettias disposés dans la vitrine du fleuriste. Je n'en aurai pas pour longtemps, se promit-il en entrant dans la boutique pour choisir une plante. Il avait rencontré Rosita Gonzalez chez des amis un mois plus tôt, et ils avaient dîné ensemble deux fois depuis. Il l'avait invitée à la fête de ce soir, mais elle n'avait trouvé personne pour garder ses enfants.

Il remonta dans sa voiture le sourire aux lèvres, se remémorant leur rencontre. Ils étaient arrivés à la soirée au même moment. Il avait garé sa voiture derrière la sienne. Elle conduisait une limousine noire rutilante. Comme ils montaient ensemble les marches du perron, il s'était présenté et avait dit : « C'est ce qu'on appelle une arrivée très chic.

— Attendez de voir dans quoi je vais rentrer chez moi », avait ri Rosita. « Parmi mes activités professionnelles, je suis chauffeur de limousine. Un de mes collègues va me ramener ma voiture et reprendre celle-ci. »

A la fin de la soirée, Fred l'avait raccompagnée jusqu'à sa Chevrolet, un modèle vieux de douze ans. « Mon nom est Cendrillon », avait-elle dit avec un sourire.

Elle paraissait si jeune, avec ses boucles noires et son rire communicatif, qu'il avait eu du mal à croire qu'elle était la mère de deux petits garçons.

« Cendrillon a-t-elle un numéro de téléphone ? » avait-il demandé.

Et maintenant, en roulant vers la maison de Rosita, Fred se demandait si tout ça était vraiment une bonne idée. La circulation était plus dense qu'il ne l'avait escompté, et il n'avait pas commencé à faire ses bagages. Il était obligé d'admettre que Rosita risquait de se faire des illusions en le voyant débarquer chez elle. Il n'avait pas l'intention de s'engager avec qui que ce soit pour le moment. Et ultérieurement, où trouverait-il le temps de se consacrer à une relation amoureuse — surtout avec des enfants dans le circuit ?

Rosita habitait dans un ensemble d'immeubles modestes à Newark, non loin de Summit. Fred se rappela que le jour précédent avait été le plus court de l'année. C'est incroyable, s'étonna-t-il. Il est à peine seize heures trente, et il fait déjà nuit. Il se gara à un emplacement réservé aux visiteurs, parcourut l'allée qui menait à l'immeuble, prit la plante dans son emballage-cadeau de l'autre main, et sonna à la porte du rez-de-chaussée.

A l'intérieur de l'appartement, Nicole Parma, dix-sept ans, était au bord de l'hystérie. Au son du carillon, elle se rua vers la porte. « Votre mère a dû oublier ses clés », cria-t-elle à Chris et Bobby assis en tailleur devant la télévision.

Aucun des deux enfants ne releva la tête. « Maman n'oublie jamais ses clés », déclara Chris, six ans, à son cadet.

Onze mois seulement les séparaient et on aurait pu les prendre pour des jumeaux.

« Mais maman a dit qu'elle rentrerait maintenant, protesta Bobby à voix basse. J'aime pas Nicole. Elle joue pas avec nous comme Sarah. »

Sarah était leur baby-sitter habituelle.

Oubliant que Rosita lui avait recommandé de ne jamais laisser entrer un étranger dans l'appartement, Nicole tira le verrou et ouvrit la porte en grand. Fred remarqua sur-le-champ sa profonde déception lorsqu'elle le vit apparaître devant elle.

« Madame Gonzalez est-elle là ? »

Il recula d'un pas, signifiant ainsi qu'il n'avait pas l'intention d'entrer sans y être invité.

« Non, et ça fait plus d'une heure que je l'attends ! »

La réponse ressemblait à un gémissement.

« C'est Fred ! s'écria Chris, se levant d'un bond.

— Fred », répéta Bobby à sa suite.

D'un seul mouvement, les deux garçons se retrouvèrent devant la porte, bousculant Nicole pour saluer Fred.

« C'est l'ami de maman, la renseigna Chris. Il est policier. Il arrête les gens.

— Salut, vous deux. » Fred se retourna vers Nicole. « Je voulais juste déposer cette plante pour leur mère. »

Les garçons tiraient Fred par le pan de sa veste.

« Je ne sais pas si je dois vous laisser entrer, dit Nicole. Rosita devrait être là d'une minute à l'autre.

— Maman ferait bien de se dépêcher, affirma Chris, tirant Fred à l'intérieur de la pièce. Nicole est drôlement énervée. Il faut qu'elle se prépare pour aller danser ce soir, et elle veut pas avoir l'air moche parce que elle est aaamoureuse de son petit ami. »

Il pouffa, montrant Nicole du doigt. Si le regard pouvait tuer..., pensa Fred à la vue du coup d'œil furibond que lança Nicole à l'enfant.

« Sale môme ! Je t'ai déjà dit de raccrocher l'autre poste quand je parlais au téléphone. »

Chris imita bruyamment un bruit de baiser.

« Bisous, bisous, à tout à l'heure. Je suis folle d'impatience.

— Bisous, bisous, reprit Bobby, singeant la mimique de son frère.

— Ça suffit, les enfants », dit Fred. Les yeux de Nicole étaient brillants de larmes. « J'ai l'impression que vous allez être en retard, lui dit-il.

— Affreusement en retard. »

Sa bouche tremblait et les larmes commençaient à couler le long de ses joues.

« Rosita n'a pas téléphoné ?

— Non. J'ai essayé en vain de la joindre sur son portable.

— Elle est sans doute en chemin », dit-il. Mû par la même impulsion qui l'avait poussé à entrer chez le fleuriste, il ajouta presque sans le vouloir : « Ecoutez, j'ai un peu de temps. Je peux rester avec les enfants. » Il sortit sa carte de police. « Vous avez pu voir que ces deux gamins me connaissent. »

Chris courut vers une table basse au bout du canapé et s'empara d'une photo encadrée. Elle représentait un groupe de personnes à la soirée où Fred et Rosita s'étaient rencontrés. « C'est lui, au dernier rang. »

Sans s'attarder à regarder ni la carte de Fred ni la photo, Nicole s'était élancée hors de la pièce, un bras déjà passé dans la manche de son manteau.

« Elle est pas sympa, déclara Chris. Tout ce qu'elle a fait c'est de parler au téléphone avec son petit ami. Beurk.

— Et elle a pas voulu jouer aux dames avec nous, ajouta doucement Bobby.

— Pas *voulu* ? » Fred avait juste ce qu'il fallait d'incrédulité dans la voix. « *Moi*, j'aime beaucoup jouer aux dames. Trouvons un endroit pour poser la plante de votre maman, et ensuite nous verrons si tous les deux vous arrivez à me battre. Noirs ou blancs ? »

LORSQUE Regan ouvrit la porte, Alvirah agita le téléphone sous son nez. « C'est l'appel que vous attendiez ! » dit-elle d'une voix essoufflée.

Regan saisit le téléphone. « Papa ? »

Sans hésiter, Alvirah franchit le seuil de l'entrée et referma la porte. Elle voulait s'assurer que tout allait bien. Mais un instant plus tard, à en juger par l'expression de Regan, elle était certaine qu'il se passait quelque chose de grave, de très grave.

Au lieu de la voix à laquelle elle s'attendait, Regan entendit un ordre bref : « Vous allez lui parler dans une minute. D'abord, débarrassez-vous de la personne qui est avec vous. »

L'appel ne provenait ni la police ni d'un hôpital, pensa Regan. Elle décida de garder Alvirah auprès d'elle. Non qu'elle eût le choix, d'ailleurs ; les deux pieds d'Alvirah étaient pratiquement ancrés dans le sol de marbre de l'entrée. Mais à la voir aussi soucieuse de l'aider, Regan se félicita de sa présence. « Merci, Alvirah, dit-elle à voix haute. Je ne vous retiens pas. » Elle passa devant elle, ouvrit et referma bruyamment la porte d'entrée.

Ce type veut que personne d'autre n'entende sa conversation avec Regan, conclut Alvirah. Déboutonnant en vitesse son manteau, elle décrocha sa broche, mit en marche le petit micro incorporé et tendit le bijou à Regan.

Passé le premier moment d'ébahissement, la jeune femme acquiesça d'un signe de tête, comprenant l'intention d'Alvirah. « Laissez-moi parler à mon père, dit-elle en approchant la broche de l'écouteur.

— Pas si vite ! gronda la voix. J'ai d'abord une liste de demandes. »

Dans le bateau, Petey manifesta son approbation. « On dirait la liste du hit-parade », murmura-t-il à Luke, avec une bourrade amicale à son bras enchaîné.

C.B. lui jeta un regard noir.

« Désolé », murmura Petey.

C.B. poursuivit :

« Procurez-vous un million de dollars d'ici

demain après-midi. En coupures de cent dollars, le tout dans un sac de marin. A dix-huit heures tapantes, je dis bien *tapantes*, vous serez dans votre voiture et vous pénétrerez dans Central Park par l'entrée de la Sixième Avenue. Là vous recevrez un appel vous indiquant où déposer le fric. N'appelez pas la police, si vous voulez revoir un jour votre père et sa mignonne petite conductrice. Une fois l'argent entre nos mains et compté, vous aurez un autre appel vous indiquant où les ramasser.

— Maintenant je veux parler à mon père », exigea Regan.

C.B. se dirigea vers Luke et approcha le téléphone de son oreille. « Dites bonjour à votre fille chérie. Et conseillez-lui de faire exactement ce qu'on lui demande. »

C'est avec un soulagement douloureux que Regan entendit la voix calme de Luke. « Bonsoir, mon petit. Nous allons bien pour l'instant. Ta mère saura comment rassembler rapidement cette somme. »

Sans laisser à Regan le temps de lui répondre, C.B. écarta le téléphone de son oreille. « Assez pour vous. Au tour de Rosita. » Il s'approcha de la jeune femme. « Dites quelque chose. »

Les mots se bousculèrent dans la bouche de Rosita :

« Prenez soin de mes enfants. »

Une fois de plus, C.B. ne laissa pas à Regan le temps de répondre. « C'est bon comme ça, Regan Reilly, dit-il. Vous avez bien noté le rendez-vous. Dix-huit heures demain, c'est compris ?

— J'y serai, répondit Regan. Mais il faudra que je parle à mon père et à Rosita avant de déposer l'argent. » S'efforçant de dissimuler la rage qui montait en elle, elle lui demanda à son tour : « C'est compris ?

— Compris, Regan. »

La communication fut coupée.

« Beverly, je ressemble à une vieille voiture cabossée », déclara Nora à son infirmière en se regardant dans la glace de son poudrier.

Elle appliqua soigneusement son rouge à lèvres. Beverly Carter sourit.

« Vous avez l'air très en forme, au contraire. Je

suis contente que vous ayez dormi aussi longtemps. Vous semblez beaucoup mieux que ce matin.

— C'est vrai, je me sens mieux. » Elle jeta un coup d'œil au réveil. « Il est dix-huit heures trente. Ecoutons les nouvelles, voyons ce qui s'est passé dans le monde aujourd'hui. »

« Coucou, c'est moi », annonça Regan en poussant la porte restée entrouverte.

Le visage de Nora s'éclaira. « Tu es en avance. C'est merveilleux. Où est ton père ? »

Regan hésita. « Il a été retardé.

— Madame Reilly, je vous laisse. Si jamais vous avez besoin de moi, je ne suis pas loin, dit l'infirmière.

— Beverly, vous devriez en profiter pour aller dîner, suggéra Regan. Je vais bavarder un moment avec ma mère. Prenez votre temps. »

Une fois l'infirmière partie, Regan ferma la porte et se retourna lentement pour faire face à sa mère. Son expression reflétait l'inquiétude qui l'habitait.

« Regan, que se passe-t-il ? demanda Nora, soudain alarmée. Qu'y a-t-il ? Il est arrivé quelque chose à ton père, n'est-ce pas ?

— Maman, je..., commença Regan, cherchant les mots appropriés.

— Il n'est pas mort, au moins ? Je vous en prie mon Dieu, pas ça !

— Non, non... il n'y a rien d'aussi grave, la rassura Regan. Je lui ai parlé il y a deux heures.

— Alors quoi ? Qu'est-ce que c'est ?

— Je préfère te le dire carrément. Il a été kidnappé et quelqu'un m'a téléphoné en exigeant une rançon.

— Sainte Vierge », murmura Nora. Elle joignit les mains sur sa poitrine comme pour se protéger d'un autre coup. « Comment est-ce arrivé ? Que sais-tu exactement ? »

Regan vit avec désespoir la douleur se peindre sur le visage de sa mère pendant qu'elle relatait le peu qu'elle savait concernant la disparition de Luke : ses vaines tentatives pour le joindre ; sa visite au cabinet du Dr Jay ; le retour en voiture jusqu'à leur maison de Summit avec Alvirah Meehan et, pour finir, l'appel sur son portable réclamant une rançon de un million de dollars.

« Si Rosita est avec lui, et qu'il n'a pas assisté aux funérailles, c'est que l'enlèvement a eu lieu ce matin, juste après qu'il a quitté l'hôpital. »

Les yeux de Nora se remplirent de larmes. Elle regarda par la fenêtre. Comment imaginer que son mari, l'homme avec lequel elle vivait depuis trente-cinq ans, se trouvait quelque part dans cette nuit noire et froide, à la merci de quelqu'un qui pouvait à tout moment mettre fin à sa vie ? « Nous pouvons bien sûr réunir ce million de dollars. Mais, Regan, il faut avertir la police.

— Je sais. Alvirah Meehan est en bons termes avec le type qui dirige la brigade des affaires spéciales à Manhattan. C'est sans doute l'homme qu'il nous faut. Cette brigade est chargée des kidnappings de personnalités importantes. Alvirah m'a accompagnée. Elle attend à l'extérieur.

— Fais-la entrer, dit Nora, mais attends une minute. Qui d'autre est au courant ?

— Personne, excepté le mari d'Alvirah et sa sœur, une religieuse. Elle est auprès de lui. Il a subi une intervention de chirurgie dentaire et n'est pas au mieux de sa forme.

— Et les enfants de Rosita ? Qui s'occupe d'eux ?

— J'ai trouvé son numéro de téléphone personnel dans l'agenda de papa, répondit Regan. Lorsque j'ai appelé, je suis tombée sur un ami de Rosita qui m'a dit avoir pris le relais de la baby-sitter. Je l'ai simplement prévenu que Rosita avait été retardée, mais j'ai compris qu'il soupçonnait quelque chose.

— Tant que tout va bien pour les enfants... » Nora prit une profonde inspiration et tenta péniblement de se redresser. Maudite jambe, maugréa-t-elle en son for intérieur. Etre coincée au lit quand tout son être n'aspirait qu'à être utile ! « Fais entrer Alvirah, dit-elle. Nous appellerons son contact dans la police, puis nous rassemblerons ce million de dollars. »

Regan avait à peine ouvert la porte qu'Alvirah se précipita dans la pièce, s'avança jusqu'au lit et pressa chaleureusement la main de Nora. « Nous retrouverons votre mari et cette jeune femme sains et saufs », promit-elle.

Il y avait quelque chose chez Alvirah qui suscitait immanquablement la confiance.

« L'an dernier, j'ai donné une conférence sur une affaire de kidnapping d'enfant que j'avais résolue, lui raconta Alvirah. Les journaux l'avaient intitulée "l'histoire de l'enfant au nid d'ange", parce que j'avais trouvé le nid d'ange dans lequel le bébé était emmailloté au moment de son enlèvement à l'hôpital.

— Je me souviens de cette histoire, dit Nora. C'était aussi à l'époque de Noël. »

Alvirah hocha la tête.

« En effet. Nous avons récupéré le bébé la veille de Noël. Jack Reilly assistait à ma conférence ce jour-là et il m'a invitée à déjeuner. C'est un homme formidable, très intelligent. A trente-quatre ans, il est déjà à la tête de la brigade des affaires spéciales, avec le grade de commandant. » Elle tendit la main vers le téléphone. « Il saura comment gérer tout ça. Ses bureaux sont au One Police Plaza.

— Reilly ? s'étonna Nora.

— C'est incroyable, non ? Et son nom s'épelle exactement comme le vôtre. Je lui ai demandé si vous étiez parents. » Alvirah écarta cette supposition d'un geste. « Aucun rapport. »

Regan sourit légèrement. Elle était assise au bord du lit, la main posée sur les doigts de sa mère, et toutes les deux écoutaient Alvirah qui s'obstinait malgré une fin de non-recevoir.

« Je me fiche que vous ne l'attendiez pas avant lundi, disait-elle. Personne n'est attendu avant lundi. Débrouillez-vous pour le joindre. Dites-lui simplement : “Rappelez d’urgence Alvirah Meehan au”... quel est le numéro de téléphone de la chambre, Regan ?

— Donnez-lui mon numéro de portable, répondit Regan. Le 310-555-4237. »

Alvirah raccrocha. « Tel que je connais Jack Reilly, j’aurai de ses nouvelles dans les dix minutes qui viennent. »

Huit minutes plus tard, le téléphone sonnait.

JACK Reilly ne prêtait même pas attention aux encombrements qui bloquaient la circulation sur l’East Side Drive. Sa valise était dans la malle et il était en route pour la maison de ses parents à Bedford. Le trajet qui prenait une heure en temps normal promettait de durer le double. L’exode de Manhattan pour les vacances était bien entamé.

De ses six frères et sœurs, il y en avait trois qu’il n’avait pas revus depuis le mois d’août qu’ils avaient tous passé ensemble dans la résidence familiale de Martha's Vineyard. En comptant les conjoints et les enfants, ils seraient dix-neuf rassemblés sous le même toit pendant quatre jours. J'espère seulement que nous ne finirons pas par nous entretuer, se dit-il avec une grimace. La météo prévoyait une forte tempête de neige pendant le week-end.

Il appuya à fond sur le frein. Malgré les bouchons, la voiture qui roulait sur sa droite avait brusquement changé de file, lui coupant la route. « Tu crois donc arriver plus vite, mon pauvre vieux ? » marmonna-t-il, contemplant le ruban rouge des feux arrière qui se déroulait aussi loin que le regard portait.

Jack Reilly, un mètre quatre-vingt-cinq, avait des cheveux blonds ondulés, des yeux noisette tirant sur le vert, des traits réguliers dominés par une mâchoire volontaire et une carrure d'athlète. Intelligent, plein d'humour et doté d'un sens de la repartie commun à ceux qui ont grandi dans une famille nombreuse, il possédait un charisme indéniable. Aussi bien dans la vie sociale que professionnelle, sa présence décontractée ne passait jamais inaperçue.

Cette insouciance disparaissait toutefois dès qu'il enquêtait sur une affaire. Petit-fils d'un lieutenant de police new-yorkais, sorti diplômé de l'université de Boston, il avait surpris sa famille en décidant de s'engager dans les forces de maintien de l'ordre. Au cours des douze années qui avaient suivi, il avait gravi tous les échelons jusqu'à la direction de la brigade des affaires spéciales. Et, dans le même temps, il avait également passé deux maîtrises. Son ambition était de devenir préfet de police de New York et, parmi son entourage, peu de gens doutaient qu'il y parviendrait.

Son bip sonna. Il l'avait retiré et rangé dans le vide-poche sous le tableau de bord. Il le prit, jeta un coup d'œil au numéro affiché, et fit la grimace en constatant que son bureau cherchait à le joindre. « Que se passe-t-il encore ? » maugréa-t-il en sortant son téléphone portable.

Quinze minutes plus tard, il frappait à la porte de la chambre d'hôpital de Nora Reilly. C'est Alvirah qui vint lui ouvrir.

« Je suis bien contente que vous ayez pu arriver aussi vite ! s'exclama-t-elle.

— J'étais juste à proximité d'une sortie sur le

F.D.R. Drive », dit Jack en déposant un baiser sur la joue d'Alvirah.

Il regarda derrière elle et reconnut Nora Reilly. Il comprit que la séduisante jeune femme qui se tenait à côté d'elle devait être sa fille. Il avait vu la même expression angoissée chez d'autres parents de victimes d'enlèvements. Ils attendaient de l'aide, pas de la compassion.

« Jack Reilly, se présenta-t-il en serrant la main des deux femmes. Je suis sincèrement désolé de ce qui est arrivé. Vous souhaitez certainement que nous entrions tout de suite dans le vif du sujet.

— Les faits, rien que les faits, n'est-ce pas ? fit Regan avec l'ombre d'un sourire. Oui, c'est ce que nous souhaitons. »

Ce garçon me plaît, pensa Nora en le regardant sortir son calepin. Il inspire confiance. Il sait ce qu'il fait. Avec un pincement au cœur, elle le vit parcourir la chambre du regard et approcher la chaise que Luke avait occupée le matin même.

Dès qu'ils eurent terminé leur conversation téléphonique avec Regan Reilly et dicté la liste de leurs exigences, C.B. et Petey enfilèrent leurs manteaux. Comme C.B. l'expliqua complaisamment à Luke et à Rosita, c'était l'heure des consommations à moitié prix au bar d'Edgewater où il avait rencontré Petey trois mois plus tôt.

« Ouais, claironna Petey. Et savez-vous, monsieur Reilly, qu'on s'est connus grâce à vous ?

— Je voudrais bien savoir comment ! s'étonna Luke, une pointe d'irritation dans la voix, pliant et dépliant ses doigts engourdis par les menottes.

— Je vais vous raconter ça. Une vraie coïncidence, comme on dit. Deux semaines après avoir repeint votre chambre mortuaire, je me trouvais au Elsie's Hideaway et il y avait C.B. à l'autre bout du bar, en train de noyer ses nombreux chagrins.

— Tu étais toi-même dans un sale état, l'interrompit C.B.

— Ouais, on peut le dire. A cette époque je me sentais pas tellement bien dans ma peau.

— Des vrais nuls, murmura Rosita.

— Hein ? demanda Petey.

— Rien.

— Viens, Petey, dit C.B. impatiemment. On s'en va. Il n'y aura plus rien à se mettre sous la dent quand on arrivera.

— Les types qu'on rencontre là-bas ! Des vautours, tous autant qu'ils sont », fit Petey en secouant la tête d'un air dégoûté. Déterminé à finir son histoire, il poursuivit : « Alors je me dis à moi-même, j'ai déjà vu ce type quelque part, mais où ? Puis je me dis, attends un peu — je sais où. C'était dans votre joyeux établissement, monsieur Reilly. Il se trouve qu'avec sa vieille fripouille d'oncle, il était passé dans les parages pendant que je faisais mon boulot de peintre.

— Quelle histoire touchante ! se moqua Rosita.

— Ouais. Alors je m'approche amicalement avec ma bière, et on se met à parler. » La voix de Petey changea : « Et il m'a raconté que vous vous moquiez tous de cette jolie couleur avec laquelle j'avais peint votre pièce — alors que j'avais fait ce mélange spécialement pour vous. »

C.B. ouvrit la porte qui donnait sur le pont. « Quand l'oncle Cuthbert a jeté un coup d'œil à la pièce, il a dit qu'il préférerait reposer dans un Luna Park.

— C'est ça qui m'a fait de la peine, grommela Petey. Mais après, les choses ont tourné pour le mieux. » Son visage s'illumina. « S'il avait pas passé son nez dans la pièce avec son oncle, j'aurais pas rencontré C.B. Et maintenant on va commencer une nouvelle vie avec votre million de dollars, monsieur Reilly. On passera nos journées à la plage, on rencontrera des filles superbes et tout le reste.

— Tant mieux pour vous, dit Luke d'un ton sec. Est-ce que cette radio là-bas fonctionne ? »

D'un geste du menton, il désigna le coin-cuisine.

Petey regarda le haut du réfrigérateur sur lequel était perchée en équilibre instable une radio éraflée qui ne datait pas d'hier. « De temps en temps. Si les piles fonctionnent. » Il tendit la main et mit l'appareil en marche. « Qu'est-ce qui vous ferait plaisir ? Informations ou musique ?

— Les informations.

— Il vaudrait mieux qu'il n'y ait pas de communiqué sur votre disparition, dit C.B. d'un air sombre.

— Je peux vous assurer qu'il n'y en aura pas. »

Petey tourna les boutons jusqu'à ce qu'il eût

trouvé une chaîne d'informations en continu. Le son était âpre et métallique, mais assez clair pour être audible. « Amusez-vous bien », lança-t-il en sortant du carré à la suite de C.B.

Lorsqu'ils furent partis, Luke et Rosita écoutèrent le point sur la circulation et la météo. Un vent de nord-est devait souffler sur la côte Est. D'après les prévisions, il gagnerait Washington D.C. le lendemain, puis atteindrait la région de New York la veille de Noël.

« Nous recommandons la prudence à tous ceux qui feront des achats de dernière minute, annonça le présentateur. Les chutes de neige pourront atteindre de vingt à vingt-cinq centimètres d'épaisseur. Mieux vaut avoir terminé vos courses demain après-midi. Samedi les routes deviendront dangereuses, ne prenez pas de risques, prévoyez de rester à la maison au pied de votre arbre de Noël. »

« J'avais prévu d'installer notre sapin ce soir avec mes fils », dit Rosita doucement. « Monsieur Reilly, croyez-vous que nous serons rentrés chez nous pour le réveillon de Noël ?

— Nora et Regan vont faire en sorte que la rançon soit versée. Et, à mon avis, ces types ont l'intention de nous relâcher. A la limite, ils indiqueront à quelqu'un où nous trouver une fois qu'ils seront en possession de l'argent. »

Luke ne confia pas à Rosita ce qu'il redoutait le plus. Aussi stupides qu'ils fussent, C.B. et Petey ne dévoileraient jamais l'endroit où ils étaient détenus avant de s'être mis eux-mêmes à l'abri, hors de portée de la loi. C'est-à-dire dans un pays où ils ne risqueraient pas d'être extradés. Si nous sommes encore ici samedi, réfléchit-il, la rivière sera chargée de blocs de glace assez puissants pour défoncer cette barcasse pourrie. Décembre a été inhabituellement froid. Une tempête pourrait entraîner jusqu'ici la glace qui s'est déjà formée au nord de la rivière.

TROIS longues heures plus tard, C.B. et Petey réapparurent, chargés cette fois de barquettes McDonald's.

« Elsie avait mis les petits plats dans les grands, raconta Petey. Normalement, c'est une radine de première, mais il y a peut-être des miracles pendant les fêtes. Bien qu'elle ait pas eu l'air enchanté quand j'ai voulu mettre des restes de côté pour vous deux. C'est pour ça qu'on vous a rapporté deux Big Macs.

— Donne-les-leur et qu'on n'en parle plus, dit sèchement C.B. Ensuite va chercher les couvertures et les oreillers dans la cabine. Dès qu'ils auront mangé et seront installés pour la nuit, je me tire. Et passe une bonne nuit, toi aussi. Une dure journée nous attend demain.

— A qui le dis-tu ! acquiesça Petey, la parole légèrement brouillée par les bières d'Elsie. *Qui veut être millionnaire ?* Nous ! C.B. et Petey, les champions du New Jersey ! Mais qui a besoin de Regis[1] ? Nous avons Luke Reilly. »

La longueur des chaînes leur permit de s'étendre, Luke sur la banquette et Rosita en face de lui sur la couchette. Luke resta éveillé une bonne partie de la nuit. Les ronflements sonores de Petey, dans la petite cabine à l'avant, se répercutaient dans le carré parcouru de courants d'air, mais ils étaient malgré tout moins douloureux à supporter que les pleurs silencieux de Rosita.

---

1. *Who wants to be a Millionaire* ? show télévisé connu dans toute l'Amérique dont l'animateur, Regis, est une célébrité du petit écran (*N.d.T.*).

« Nous sommes donc bien d'accord », dit Jack Reilly, résumant l'heure qu'ils venaient de passer ensemble dans la chambre de Nora. « Madame Reilly...

— Nora », corrigea-t-elle.

Peut-être un jour « Belle-maman », se dit-elle avec un éclair malicieux dans l'œil. Mon Dieu, j'imagine la réaction de Luke si je lui racontais qu'alors même qu'il vient d'être kidnappé, moi, comme d'habitude, je songe à marier Regan. *Quand* je lui raconterai, et non *si,* se reprit-elle. Mais une chose était certaine, Jack Reilly plairait à Luke.

« Nora, poursuivit Jack, il est préférable que vous n'ayez pas d'infirmière privée dorénavant. Vous risquez de recevoir des appels concernant Luke et Rosita, et moins il y aura de gens au courant, mieux ce sera. A présent, essayez de vous reposer. Si vous pensez à quelqu'un susceptible d'avoir une dent contre vous, Luke ou même Regan, prévenez-moi tout de suite. »

Nora secoua la tête et leva les mains dans un geste d'impuissance.

« Je n'imagine même pas qui pourrait nous vouloir du mal.

— Je comprends. Bien entendu nous allons enquêter aussi du côté de l'ex-mari de Rosita. » Il marqua une pause avant de continuer : « Mais c'est peut-être simplement quelqu'un qui sait que vous avez de l'argent.

— Voilà pourquoi, lorsque le comité du loto nous a demandé, à Willy et à moi, d'apparaître dans un spot publicitaire vantant le bonheur d'être devenus riches, je les ai envoyés balader, déclara Alvirah. J'avais déjà participé à une quantité d'émissions, mais trop c'est trop.

— Vous avez raison, Alvirah, dit Jack. Nora, dès demain matin, vous joindrez votre agent de change au téléphone et contracterez un prêt de un million de dollars garanti par votre portefeuille d'actions. Vous êtes sûre qu'ils ne vous poseront pas de questions ?

— C'est notre argent, dit-elle fermement. Personne n'a à nous dicter notre conduite. »

Regan constata avec plaisir que sa mère avait retrouvé son esprit combatif.

« Nous allons prévenir la Banque fédérale de réserve pour qu'ils réunissent les billets de la rançon », expliqua Jack. Puis il se tourna vers Regan. « Avec Alvirah vous allez vous rendre chez Rosita et parler à la personne qui garde ses deux petits garçons. Tâchez de lui en dire le moins possible. Nos services ont dû mettre le téléphone de l'appartement sur écoute à l'heure qu'il est. Si la baby-sitter veut partir, nous pouvons envoyer une assistante sociale.

— J'ai quelqu'un qui fera parfaitement l'affaire, dit Alvirah d'un ton triomphant. Sœur Maeve Marie. Elle travaille avec Cordelia, la sœur de Willy. Maeve est formidable avec les enfants, et elle a fait partie de la police de New York. Et comme sœur Cordelia, elle est capable de transformer le Sphinx en moulin à paroles. »

Jack sourit. « Bon. Regan, après avoir vérifié que tout va bien chez Rosita, vous et Alvirah irez interroger l'associé de votre père. »

Regan hocha la tête. A la demande de Jack, elle avait téléphoné à Austin Grady et obtenu le numéro d'immatriculation de la voiture que Rosita conduisait, ainsi que le numéro d'enregistrement de la carte d'abonnement. Jack avait déjà communiqué les informations à son bureau.

Ils étaient convenus qu'Austin devait être tenu

au courant, mais jusqu'à présent Regan lui avait seulement dit qu'il y avait un problème grave.

« Il nous attend, dit-elle.

— Ce soir, vous ramènerez en ville la voiture avec laquelle vous irez remettre la rançon, indiqua Jack.

— Oui. Ce sera la BMW de ma mère.

— Un de mes hommes vous retrouvera plus tard à l'appartement de vos parents, Central Park South. Il descendra la voiture downtown pour la faire équiper. »

Les trois femmes savaient que le mot « équiper » dans le langage de la police désignait l'installation d'un système électronique, maintenu par un aimant sous la voiture, permettant à un hélicoptère de la suivre à la trace. Un autre détecteur serait placé avec les billets de la rançon afin que, une fois transféré, l'argent soit constamment repéré jusqu'à l'endroit où le transporteraient les ravisseurs.

Ce qu'ils espéraient, bien sûr, c'était que les ravisseurs les conduiraient ensuite jusqu'au lieu où ils détenaient les otages.

« Alvirah, confiez-moi l'enregistrement que vous avez fait de la demande de rançon, demanda Jack.

— A condition que vous m'en remettiez une

copie dès demain matin, dit-elle en détachant la cassette de la broche.

— C'est encore une de vos brillantes initiatives ! » la félicita Jack affectueusement, tenant entre ses doigts la minuscule cassette. « Même si le ravisseur a tenté de déguiser sa voix, nous en avons une trace, et nos techniciens pourront peut-être tirer quelque chose des bruits de fond. »

Alvirah lui adressa un sourire radieux.

« Mes hommes m'attendent au One Police Plaza », continua Jack. Il prit la main de Nora entre les siennes. « Tâchez de ne pas trop vous inquiéter. » Et se tournant vers Regan : « Nous nous tiendrons mutuellement au courant. »

Après son départ, la pièce parut soudainement vide. Le silence plana pendant un moment, puis la même pensée sembla traverser simultanément les trois femmes.

Il n'y avait pas de temps à perdre.

Trois jours avant Noël

La journée avait été chargée pour Ernest Bumbles, le président de l'association Graines Plantes Fleurs et Bourgeons du New Jersey. Réveillé à l'aube, il avait pris conscience de son bonheur. Non, ce n'était pas un rêve, Cuthbert Boniface Goodloe avait bien légué l'essentiel de sa fortune à leur association.

La joyeuse nouvelle leur avait été annoncée quelques heures seulement après que M. Goodloe eut poussé son dernier soupir. Ernest avait reçu un appel de l'avocat de Goodloe qui avait « de tristes et bonnes nouvelles à lui annoncer », suivant son expression. « M. Goodloe nous a quittés, avait-il dit d'un ton affligé, mais sa collaboration à Fleurs et Bourgeons lui a donné tant de satisfaction durant les trois dernières années qu'il a légué à votre association la presque totalité de sa fortune qui s'élève à plus de un million de dollars. »

Ernest était en train de pailler ses chardons dans la serre derrière la maison lorsque sa femme, Dolly, était arrivée au pas de course en agitant son téléphone portable. Sujette aux allergies, elle se couvrait le visage d'un masque chirurgical chaque fois qu'elle pénétrait dans la serre.

« Bumby, cria-t-elle d'une voix étouffée, c'est pour toi. La voix est impatiente, c'est sans doute important. Atchoum. »

Malgré le masque, les paillis la faisaient toujours tousser.

La raison pour laquelle M. Withers l'avait appelé avant même que son client ait atteint les grilles du paradis fut vite claire. M. Goodloe avait expressément spécifié que les membres de Fleurs et Bourgeons devraient assister au grand complet à la veillée funèbre, aux funérailles et au déjeuner qui suivrait. Inutile de préciser que dans l'Etat entier les membres avaient posé leur bêche, ôté leurs gants de jardin, et s'étaient réunis pour pleurer — et célébrer — leur généreux et bien-aimé donateur.

Lors du conseil d'administration extraordinaire convoqué par Ernest avant la cérémonie, l'un des membres avait fait remarquer que sans Luke Reilly, rien de tout cela ne serait arrivé. Trois ans plus tôt, ils avaient élu Luke Reilly homme de l'année lors de leur banquet annuel, en reconnaissance du développement inespéré apporté par ses trois funérariums à l'industrie florale de la région. Le soir de la remise de cette distinction, Luke avait invité Cuthbert Boniface Goodloe à sa table.

Goodloe avait tellement apprécié le film de quatre minutes tourné par l'association et vantant les bienfaits de la parole sur les plantes qu'il avait voulu devenir membre de Fleurs et Bourgeons le soir même.

A la réunion qui avait suivi le décès de Goodloe, ils avaient décidé à l'unanimité de proclamer Luke Reilly membre à vie de l'association Fleurs et Bourgeons en reconnaissance de son rôle d'ambassadeur, proclamation qui serait faite à l'issue du déjeuner des funérailles. A leur grande déception, cependant, Reilly n'avait pas assisté à la réception. Son associé, Austin Grady, les avait informés du malheureux accident survenu à son épouse.

Ernest fut particulièrement déçu. Il aurait voulu remettre en main propre à Luke la proclamation encadrée — écrite sur le plus beau parchemin que l'on puisse trouver et ornée de fleurs séchées. Il avait hâte de voir l'émotion qui se peindrait sur son visage à l'instant où il ôterait l'emballage et lirait la proclamation :

« À TOUS CEUX QUI LIRONT CES LIGNES

Salutations et bienvenue,
Il est dit ici que Luke Reilly,
Pour avoir introduit notre donateur bien-aimé
Cuthbert Boniface Goodloe
Au sein de Fleurs et Bourgeons,
Est aujourd'hui et à jamais
Par l'autorité et suivant l'avis du
Conseil d'administration,
Librement et sans réserve
Membre à vie de
L'association Graines Plantes Fleurs et Bourgeons
Du New Jersey, l'Etat des Jardins,
Avec tous les honneurs, droits
Et privilèges qui y sont attachés.
Décerné en ce vingt-deuxième jour du
Mois de décembre à l'aube du second millénaire
E Pluribus Unum. »

Comme Luke n'était pas apparu au déjeuner, Austin Grady avait assuré à Ernest qu'il passerait au funérarium en fin d'après-midi. Ernest s'était présenté à dix-sept heures, mais Luke n'avait toujours pas donné signe de vie. Austin lui conseilla alors de déposer le cadeau dans son emballage de fête, et lui promit de le faire parvenir lui-même à Luke Reilly. Une proposition inacceptable, bien entendu. Rares sont les moments dans la vie, pensait Ernest, où l'on a l'occasion de lire sur un visage une expression de joie sans mélange. S'il était humainement possible de remettre ce présent à Luke Reilly avant de partir pour les fêtes chez la mère de Dolly, il n'allait pas rater l'occasion.

« Bumby, dit Dolly en lui versant une deuxième tasse de café, si tu veux t'arrêter au funérarium avant la répétition des chants de Noël avec la chorale, nous devons nous dépêcher.

— Tu as raison, comme toujours. »

Il avala son café et repoussa sa chaise. Vingt minutes plus tard, il était de nouveau dans le bureau du funérarium et s'enquérait de Reilly.

« Je crains qu'il n'ait été retardé », lui dit Austin Grady.

Bumbles crut déceler une légère irritation dans la voix de son interlocuteur. Il fut tenté de lui expliquer ce que contenait le paquet, mais craignit de gâcher l'effet de surprise.

« Je reviendrai plus tard, promit-il.

— Nous fermons à vingt et une heures, l'avertit Grady. Dans un peu plus d'une heure.

— A demain matin, dans ce cas », dit Bumbles d'un ton jovial.

Il reprit avec précaution le paquet qu'il avait déposé sur une chaise et quitta la pièce, des passages de la proclamation lui traversant l'esprit : « ...Il est dit ici que Luke Reilly, pour avoir introduit notre donateur bien-aimé Cuthbert Boniface Goodloe au sein de Fleurs et Bourgeons... »

Bumbles avait hâte que le monde entier sache ce que Luke Reilly avait fait pour eux.

IL était vingt et une heures trente quand leur voiture s'arrêta devant l'ensemble résidentiel où vivait Rosita. Alvirah et Regan avaient mis au point le scénario qu'elles suivraient une fois à l'intérieur. D'abord, il leur faudrait prendre la mesure de l'homme qui gardait les enfants. S'il s'agissait d'un proche de Rosita, elles le mettraient au courant. S'il rendait simplement un service en attendant son retour, elles lui diraient que sœur Maeve Marie était prête à venir en voiture de New York.

Nora leur avait dit que la mère de Rosita était repartie à Puerto Rico rejoindre le reste de sa famille. Jack estimait plus sage de ne prévenir aucun proche.

« Ils ne seront d'aucune aide, avait-il fait remarquer, et les choses pourraient mal tourner si la nouvelle de l'enlèvement s'ébruitait. »

« Faites attention », les prévint le chauffeur en ouvrant la portière, tendant la main pour aider Alvirah à sortir de la voiture. « C'est très glissant par ici. »

« Il est tellement attentionné, fit remarquer Alvirah à Regan tandis qu'elles parcouraient l'allée. J'ai eu scrupule à remonter la vitre de séparation pour l'empêcher de nous entendre.

— Moi aussi, dit Regan. C'est pourquoi je serai heureuse d'utiliser la voiture de ma mère une fois que nous serons sorties de chez Rosita. Il faut que nous puissions parler librement si Jack Reilly ou quelqu'un d'autre appelle. »

Alvirah savait que, dans la bouche de Regan, « quelqu'un d'autre » signifiait les ravisseurs.

Le chauffeur avait raison, l'allée était recouverte de plaques de glace. Regan prit Alvirah par le bras pour l'empêcher de glisser.

A l'entrée de l'appartement de Rosita, au rez-de-chaussée de l'immeuble, elles échangèrent un bref regard, puis Alvirah appuya fermement sur le bouton de la sonnette.

A l'intérieur, Fred était assis sur le canapé, un enfant assoupi de chaque côté de lui. En entendant le carillon, Chris se redressa. « C'est peut-être maman qui a vraiment oublié ses clés », dit-il d'une voix ensommeillée et pleine d'espoir.

Bobby se frotta les yeux. « Maman est rentrée ? »

Fred sentit sa gorge se contracter. Combien de fois dans ses fonctions avait-il été celui qui sonnait à la porte pour annoncer la nouvelle d'un accident ou pire ? Regan Reilly était restée évasive au téléphone. Que venait-elle leur dire ?

Il éprouva un sentiment de soulagement en apercevant les deux silhouettes qui se dressaient dans la pénombre sur le seuil de la porte. Un soulagement qui, malheureusement, fut de courte durée. Une femme plus âgée se tenait près de celle qui ne pouvait être que Regan Reilly. Peut-être une assistante sociale, pensa-t-il, saisi d'une soudaine appréhension. Dans ce cas, cela signifiait qu'un malheur était arrivé à Rosita.

« Fred Torres ? » demanda la plus jeune des deux femmes.

Il hocha la tête.

« Regan Reilly.

— Et moi Alvirah Meehan, dit Alvirah avec un grand sourire.

— Entrez », dit doucement Fred.

Alvirah précéda Regan. Son regard parcourut la pièce. Deux petits garçons aux cheveux bruns se tenaient côte à côte près du canapé, leurs grands yeux sombres trahissant à la fois l'inquiétude et la déception.

« Lequel de vous deux est Chris et lequel est Bobby ? questionna-t-elle, le visage éclairé d'une expression chaleureuse. Laissez-moi deviner. Mme Reilly m'a beaucoup parlé de vous. Chris est l'aîné, ce doit être toi. »

Elle désigna le plus grand des deux enfants.

Chris eut un sourire hésitant.

« Et moi je suis Bobby, fit le plus jeune en se rapprochant de son frère.

— Où est maman ? demanda Chris.

— Saviez-vous que Mme Reilly s'était cassé la

jambe hier soir ? » demanda Alvirah, baissant la voix comme si elle leur confiait un secret important.

« Maman nous l'a dit ce matin avant de partir, répondit Bobby avec un bâillement. Maman a dit que ce soir on écrirait une carte et qu'on l'enverrait à Mme Reilly.

— Eh bien, Mme Reilly a besoin de votre maman ce soir, expliqua lentement Alvirah. Alors elle voudrait juste que vous vous couchiez gentiment, et elle rentrera à la maison aussi vite que possible.

— Je veux qu'elle rentre tout de suite, implora Bobby, soudain au bord des larmes.

— Mme Reilly est gentille, dit Chris. C'est normal que maman reste avec elle quand elle est malade.

— Mais quand c'est qu'on pourra décorer l'arbre ? s'inquiéta Bobby.

— Vous aurez tout le temps avant Noël », leur assura Alvirah.

Regan avait observé la scène. Alvirah savait vraiment s'y prendre avec les enfants. Elle s'approcha à son tour.

« Je suis la fille de Mme Reilly, et je suis

contente que votre maman soit auprès de la mienne en ce moment. Ma mère se sent beaucoup mieux quand elle est là.

— Alors c'est M. Reilly votre papa ? demanda Chris. J'aime beaucoup ses voitures.

— Surtout celles qui sont très très longues, ajouta Bobby, bâillant de plus belle.

— Vous savez, je crois que vous êtes très fatigués tous les deux, fit remarquer Alvirah, et moi aussi j'ai affreusement sommeil. »

Fred comprit ce que les deux femmes cherchaient à faire — à rassurer d'abord les deux garçons à propos de leur mère et, ensuite, à les éloigner pour qu'ils n'entendent pas ce qu'elles avaient à lui dire.

« Ouste, les garçons, c'est l'heure d'aller au lit », dit-il en les prenant fermement par les épaules.

Bobby leva vers lui un regard anxieux. « Tu ne vas pas nous laisser, hein, Fred ? »

Fred se pencha vers les deux petits visages inquiets. Il hésita, puis déclara d'un ton résolu : « Pas avant que maman ne soit rentrée. »

Pendant qu'il accompagnait les enfants dans leur chambre, Alvirah alla dans la cuisine et mit la bouilloire sur le feu. « J'ai envie d'une tasse de thé, et vous, Regan ?

— Volontiers. »

Regan regarda autour d'elle la pièce chaleureuse bien qu'un peu encombrée. Le canapé recouvert d'un tissu coloré et le fauteuil assorti, avec leurs accoudoirs arrondis et leurs épais coussins, semblaient douillets et confortables. Un angle de la pièce garni de rayonnages était réservé aux cassettes vidéo et aux jouets des enfants. Mais c'est la vue de l'arbre de Noël, déjà en place dans l'attente d'être décoré, qui lui serra le cœur.

Fred Torres ressortit de la chambre des enfants au moment où la bouilloire se mettait à siffler.

« Je vous promets de rester là, dans la pièce à côté », dit-il en refermant la porte.

Alvirah apparut sur le seuil de la cuisine. « Je fais comme chez moi, Fred. Désirez-vous une tasse de thé ?

— Oui, merci. » Il regarda Regan. « Maintenant, dites-moi ce qui se passe.

— Quels sont vos liens avec Rosita ? demanda-t-elle.

— Nous sommes sortis ensemble deux fois. » Il

lui présenta sa carte. « Je suis policier. Rosita a des ennuis. De quoi s'agit-il ? »

Alvirah entra dans la pièce de séjour en apportant un plateau. « Je vais le poser sur la table. Nous pourrions tous nous asseoir et discuter. »

Fred se percha raide comme un piquet au bord du fauteuil, Alvirah et Regan prirent place en face de lui sur le canapé.

« Fred est un agent de police, Alvirah », dit Regan avant de se tourner vers lui, plantant son regard dans le sien. « Rosita et mon père ont été enlevés durant la matinée. Probablement entre dix heures, lorsque mon père a quitté l'hôpital après avoir rendu visite à ma mère, et midi, heure où il aurait dû assister à un enterrement. »

Elle contempla la tasse qu'elle tenait à la main. « A seize heures trente, j'ai reçu un appel réclamant une rançon de un million de dollars à verser impérativement demain après-midi. Nous nous sommes déjà mis en rapport avec le chef de la brigade des affaires spéciales de New York. »

Fred eut l'impression d'avoir reçu un coup à l'estomac. « Enlevés ? » répéta-t-il, incrédule, son visage trahissant la consternation. Il tourna son regard vers le couloir et la porte de la chambre. « Pauvres gosses. »

Alvirah lui fit face et désigna sa broche soleil piquée à la veste de son tailleur ; durant le trajet de l'hôpital à l'appartement de Rosita elle y avait inséré une cassette vierge.

« Fred, voyez-vous un inconvénient à ce que j'enregistre notre conversation ? Il arrive que nous échangions des propos qui paraissent sans importance sur le moment, mais peuvent se révéler utiles par la suite. Dans certaines affaires que j'ai aidé à résoudre, écouter et réécouter les bandes m'ont permis de trouver la solution de l'énigme.

— Allez-y », dit-il.

Négligeant la tasse de thé qui refroidissait sur la table devant lui, il prêta attention à ce qu'Alvirah et Regan rapportaient.

« Qui a pu faire ça ? En a-t-on une vague idée ?

— Pas la moindre, répondit Regan. Nous pensons cependant que l'argent est le seul motif. A notre connaissance, mon père n'a pas d'ennemis.

— Rosita vous a-t-elle parlé de son ex-mari ? demanda Alvirah. D'après ce que Nora nous en a dit, c'est une espèce de raté qui aimerait probablement avoir un peu plus d'argent.

— Je n'ai rencontré Rosita que le mois dernier, à une soirée. Nous avons ensuite dîné ensemble à deux reprises. Manifestement, elle n'avait pas envie de parler de lui. Aujourd'hui, les garçons m'ont dit qu'ils n'avaient pas vu leur père depuis longtemps.

— Charmant personnage, fit Regan. La police s'apprête à enquêter sérieusement sur lui. »

Fred secoua la tête.

« J'espère pour les enfants qu'il n'a rien à voir là-dedans. Rosita n'a pas laissé entendre qu'elle avait eu des ennuis avec lui récemment. Lors de nos sorties, nous avons parlé de choses et d'autres. Elle aime beaucoup son travail. » Il se tourna vers Regan. « Elle dit que votre père est le meilleur patron que l'on puisse rêver. Et qu'il est capable de garder son sang-froid dans toutes les circonstances. Mais rien dans ce qu'elle m'a raconté n'indiquait qu'il ait pu avoir des différends avec quiconque. »

Regan reposa sa tasse.

« En sortant d'ici, nous irons voir l'associé de mon père à son bureau. Nous essaierons de savoir s'il y a eu des problèmes significatifs dans ses affaires. Le ravisseur est peut-être un client mécontent, voire un ancien employé qui aurait une dent contre mon père.

— C'est judicieux, et pratiquement la seule chose à faire. Le plus pénible dans un enlèvement est d'être obligé d'attendre le coup suivant de la part des ravisseurs, ajouta Fred d'un ton amer.

— Je ne peux pas rester sans rien faire », dit calmement Regan, et elle se leva en même temps qu'Alvirah.

« Ma belle-sœur est religieuse », dit Alvirah à Fred en emportant les tasses à la cuisine. « Il y a une jeune femme dans sa congrégation, sœur Maeve Marie, qui a servi dans la police avant d'avoir la vocation. Maeve est géniale avec les enfants ; elle peut être ici dans une heure si vous désirez rentrer chez vous. »

Fred songea à la soirée qu'il allait manquer, à l'avion qu'il était censé prendre le lendemain matin, aux vacances prévues de longue date qu'il devait passer sur un voilier avec des amis. Des projets qui lui paraissaient sans importance à présent. Il revoyait Rosita, ses boucles noires et son sourire mutin : « Mon nom est Cendrillon. »

Tous les kidnappings n'ont pas une issue heureuse, pensa-t-il sombrement. En réalité, beaucoup se terminent mal.

Il secoua la tête.

« Non. Vous m'avez entendu le promettre aux enfants. Je reste. »

Il était clair qu'Alvin Chance portait mal son nom. Cinquante-deux ans, de petite taille, le cheveu brun et rare, le sourire chaleureux bien que timide, il vivait avec sa mère dans un appartement à loyer contrôlé, dans la 86e Rue Ouest de Manhattan. Auteur de douze romans policiers jamais publiés, il gagnait péniblement sa vie grâce à de petits boulots, en attendant le coup de veine qui lui ouvrirait les portes du monde de l'édition.

En cette saison, son travail consistait à porter un costume rouge et une barbe blanche, et à pousser des Ho ! ho ! ho ! en parcourant le rayon des jouets d'un grand magasin vétuste, non loin de Herald Square.

« Cessez de traîner les pieds, Alvin ! » lui criait régulièrement le chef de rayon. « Le Père Noël est censé avoir une certaine prestance. »

On croirait que je travaille pour F.A.O. Schwarz et non pour cette boutique de vieilleries, pensait-il.

Alvin ne manquait pourtant pas de tonus.

Et son insuccès dans le monde des livres n'était pas dû à un manque de connaissance du sujet. Il avait épluché minutieusement tous les polars ou romans à suspense qui s'étaient trouvés sur la liste des best-sellers du *New York Times* au cours des vingt dernières années, voire plus. Alvin était une encyclopédie ambulante s'agissant des scénarios, personnages et lieux utilisés par des douzaines de romanciers. Il avait noirci des carnets entiers de synopsis divers, et il les consultait régulièrement quand il travaillait à ses propres histoires. Il avait divisé les scénarios en catégories : espionnage, braquages de banques, meurtres, crimes passionnels, détournements, incendies volontaires, affaires judiciaires et enlèvements.

Son seul luxe était d'assister à des séminaires d'écriture et à des congrès d'auteurs de romans policiers, au cours desquels il écoutait attentivement les avis autorisés d'écrivains reconnus, pour ensuite tenter de coincer n'importe quel éditeur dans un cocktail.

Il s'apprêtait à partir travailler le jeudi quand il avait entendu à la radio que Nora Reilly s'était cassé la jambe. En mangeant le porridge que sa mère lui préparait tous les matins, il en avait discuté avec elle.

« Ecoute ce que je te dis, lui avait-il déclaré. Le prochain bouquin de Nora se situera dans un hôpital. Elle sait tirer le meilleur parti de ce genre de situation.

— Mange ton porridge, Alvin, il va refroidir », l'avait rabroué sa mère.

Alvin avait docilement repris sa cuillère et englouti le mélange grumeleux.

« Je crois que je vais lui envoyer un mot, dit-il.

— Tu devrais y ajouter la photo de son mari que tu as prise au dernier dîner des auteurs de romans policiers.

— Tu as raison. C'est une bonne photo, se souvint Alvin. Mais c'est la seule. Sur l'autre, il a la tête coupée parce qu'il est trop grand.

— J'aime les hommes grands. Ton père était un nabot, paix à son âme.

— Je mettrai peut-être la photo dans un petit cadre et je la déposerai à l'hôpital après mon travail. Le magasin a de jolis cadres avec des inscriptions de Noël.

— Ne va pas te ruiner pour ça, lui recommanda sa mère.

— Ils sont en solde, dit Alvin sans cacher son irritation. Nora Reilly m'adresse toujours la parole dans les cocktails et elle ne manque jamais de m'encourager.

— On ne peut pas en dire autant des éditeurs », soupira sa mère.

Alvin partit travailler, se félicitant à l'avance de la surprise qu'il allait faire à Nora Reilly. A sa grande déception, les plus jolis cadres avaient déjà été vendus. Il finit par en choisir un sur lequel était inscrit : *Je serai à la maison pour Noël... au moins dans mes rêves.* La sachant immobilisée à l'hôpital, il pensa que ces mots la concernaient plus que son mari, mais tant pis, ça ferait quand même l'affaire.

Dépité, il apprit qu'il n'y avait pas de rabais pour les employés sur les articles en solde.

« A quoi vous attendiez-vous ? demanda la vendeuse en mastiquant son chewing-gum. C'est déjà pratiquement un cadeau à ce prix-là. » Elle examina le cadre avant de le mettre dans un sac. « C'est vrai qu'ils pourraient carrément le donner », marmonna-t-elle pendant qu'Alvin rangeait son portefeuille dans une des profondes poches de son déguisement de Père Noël.

Le Père Noël de l'équipe du soir avait visiblement loupé son traîneau, et le patron d'Alvin le prévint qu'il devrait travailler jusqu'à vingt heures, heure à laquelle un écriteau indiquait que le Père Noël avait regagné son atelier. En attendant, Alvin crut devenir sourd. Il était las des demandes répétées que lui lançaient à la tête un flot incessant de gamins, qui semblaient tous prendre un malin plaisir à venir se cogner contre ses genoux.

« Tu ne ressembles pas tellement au Père Noël », lui avaient lancé une quantité de ces petits chéris.

Bref, la journée avait été longue, mais cela n'empêcha pas Alvin de faire le détour prévu dans l'Upper East Side. Responsable du bon état de son déguisement, il l'emportait matin et soir avec lui. Il l'avait soigneusement plié dans un sac, la photo encadrée de Luke Reilly posée sur le dessus.

Il avait choisi une carte de vœux de bon rétablissement et écrit : « Nora, j'ai pensé que vous aimeriez avoir une photo de l'homme de votre vie. » Et dans la foulée il avait signé : « Votre fan numéro 1. »

Désormais il aurait quelque chose à dire à Nora

Reilly la prochaine fois qu'il la rencontrerait. Il pourrait lui révéler qu'il était le mystérieux donateur de la photo.

Une fois dans le hall de l'hôpital, Alvin remarqua une boutique de cadeaux, et dans la vitrine le mot *soldes* attira son attention. Sous la pancarte étaient disposés d'adorables ours en peluche coiffés de bonnets de Noël. Il entra précipitamment dans la boutique au moment où elle allait fermer. Je n'en dirai rien à ma mère, décida-t-il. Mais le cadeau sera encore plus original si c'est un ours en peluche qui tient la photo de Luke Reilly.

La vendeuse le regarda patiemment déballer le cadre et le coincer entre les bras de l'ours. Elle noua ensuite un énorme nœud autour d'une boîte pendant qu'Alvin calculait le montant exact de son achat, soit quatorze dollars et quatre-vingt-douze cents.

La remerciant, il sortit de la boutique et se dirigea vers le bureau de la réception où on lui assura que son paquet serait porté sur-le-champ à Mme Reilly.

« Oh non, pas avant demain matin, pria-t-il. Ne la dérangez pas. Il est tard.

— C'est très courtois de votre part, le remercia

aimablement la réceptionniste. Passez de bonnes fêtes de Noël. »

Alvin se retrouva à nouveau dans l'air froid de la nuit et remonta York Avenue jusqu'à l'arrêt du bus qui traversait la ville pour regagner la 86e Rue. L'esprit léger, il offrait un sourire joyeux aux passants qui sortaient des nombreux magasins et restaurants.

Personne ne prêta attention à lui.

Le premier assistant de Jack Reilly, le sergent Keith Waters, ainsi que le lieutenant Gabe Klein, chef du T.A.R.U., l'unité technique d'intervention, étaient déjà là lorsque Jack entra dans son bureau au One Police Plaza.

« Un bout de temps qu'on ne s'est pas vus, dit Waters laconiquement. Tu ne supportes pas de t'éloigner d'ici, on dirait ? »

Le regard vif et intelligent, Waters, un Noir athlétique proche de la quarantaine, dégageait une énergie contenue.

« C'est toi qui me manquais », répliqua Jack.

Ils reprirent leur sérieux dès qu'ils en vinrent au motif de leur réunion.

« Qu'avez-vous recueilli concernant la voiture ? » demanda Jack.

Gabe Klein commença :

« Les enregistrements des cartes d'abonnement montrent que la voiture a emprunté le Lincoln Tunnel en direction de Manhattan à neuf heures quinze. Ce qui correspondrait au trajet de la fille lorsqu'elle est allée prendre Luke Reilly à l'hôpital. A un moment donné, la voiture a probablement été ramenée dans le New Jersey car elle a emprunté à nouveau le George Washington Bridge vers New York à onze heures seize. Puis elle a traversé le Triborough Bridge en direction de Queens à onze heures quarante-cinq. C'est la dernière trace d'activité enregistrée par la carte.

— Donc ils se trouvaient peut-être dans le New Jersey avant d'être enlevés, dit Jack. A moins qu'ils n'aient été enlevés à New York et conduits dans le New Jersey. La voiture a probablement été abandonnée quelque part. Pas facile de cacher une limousine extra-longue.

— On a émis un avis de recherche pour la voiture, dit Keith, mais sans résultat jusqu'à présent.

— Avec des instructions concernant les empreintes ? »

La question était de pure forme. C'était la première chose à faire dans un cas d'enlèvement. Si on retrouvait la voiture, personne n'y toucherait avant l'arrivée des techniciens du laboratoire.

Puis, brièvement, Jack leur communiqua le reste des informations.

Les deux hommes l'écoutèrent tout en prenant des notes.

Gabe Klein, la cinquantaine, le crâne dégarni, portait des lunettes perchées au bout de son nez, qui lui donnaient un air studieux, un peu vague. Pour un observateur peu attentif, c'était le genre d'homme incapable de changer une ampoule.

L'impression était absolument fausse — Gabe était un technicien de génie et dirigeait une unité extrêmement sophistiquée, qui était devenue un outil essentiel pour la recherche des criminels par la police.

« Voilà les lignes téléphoniques que nous surveillons, O.K. ? »

Gabe énuméra rapidement les numéros que Jack

lui avait communiqués par téléphone. Ceux de la maison des Reilly et de leur appartement, celui de Rosita Gonzalez, des trois funérariums et de la chambre d'hôpital de Nora Reilly.

« Et s'ils rappellent le portable de sa fille, ajouta-t-il, elle essaiera de les garder en ligne assez longtemps pour que nous puissions les repérer.

— Regan est détective privée à Los Angeles, dit Jack. Elle connaît son boulot.

— C'est une chance, fit remarquer Keith. Tu crois donc qu'on peut la laisser aller seule en voiture remettre la rançon ?

— Elle est intelligente », répondit brièvement Jack. Et bougrement séduisante, ajouta-t-il *in petto.*

« Dans ce cas, quand pourrons-nous commencer à travailler sur la voiture ? demanda Gabe.

— Elle nous l'amène ce soir. Elle sait que nous devons l'équiper, dit Jack.

— Nous avons informé la Banque fédérale de réserve qu'il nous faut le million de dollars demain après-midi. Ils s'en occupent, dit Keith à Jack. La famille a-t-elle des soupçons sur les auteurs du rapt ?

— L'épouse et la fille de Reilly n'ont pu fournir aucun nom. L'ex-mari de Rosita Gonzalez a eu quelques ennuis. Il s'appelle Ramon. Mme Reilly croit qu'il vit à Bayonne.

— On va s'en occuper, dit Keith.

— Rosita a deux petits garçons. Regan Reilly doit se rendre à son appartement, voir s'ils vont bien et à quoi ressemble la personne qui les garde. Elle ira ensuite s'entretenir avec l'associé de son père. »

Jack consulta sa montre. « Je n'ai pas le temps de vous raconter comment, mais Regan a rencontré Alvirah Meehan aujourd'hui et la voilà qui suit l'affaire elle aussi. Vous vous souvenez d'elle ? C'est la gagnante du loto qui a donné une conférence à John Jay.

— Bien sûr, dit Keith. C'est elle qui a retrouvé cette enfant il y a deux ans, alors que la moitié de la police de New York tournait en rond. »

Jack sortit la cassette de sa poche. « Eh bien, Alvirah est toujours dans la course. Et elle a toujours l'esprit aussi rapide. Elle s'est débrouillée pour enregistrer l'appel des ravisseurs. »

Gabe ouvrit des yeux ronds à la vue de la minuscule cassette. « Sans blague. » Il la prit et l'examina. « Est-ce qu'elle cherche un job ? Je suis prêt à l'engager.

— Elle me tuera si tu ne lui en fais pas une copie. En attendant, écoutons-la. Avec le son au maximum. Il y a peut-être quelque chose dans l'environnement sonore qui pourra nous aider. »

Pendant qu'on préparait le magnétophone, Jack sentit l'agacement le gagner. Ils pouvaient étudier la bande, mettre un détecteur sur les billets, équiper la voiture, rechercher des suspects. Mais en attendant le moment où ils suivraient la voiture de Regan jusqu'au point de rendez-vous avec les ravisseurs, ils ne pourraient rien faire que patienter.

Le téléphone sur le bureau de Jack sonna. Il décrocha. « Jack Reilly. » Suivit une pause. « Bon travail », dit-il d'un ton décidé. Puis, se tournant vers Gabe et Keith : « Ils ont retrouvé la limousine à Kennedy Airport. »

À VINGT et une heures trente, Austin Grady ferma les portes du funérarium derrière le dernier des visiteurs venus pleurer Maude Gherkin, morte dans sa cent troisième année, connue pour son caractère acariâtre. En vérité, le terme « pleurer » ne convenait guère, car durant toute sa carrière d'ordonnateur des pompes funèbres Austin n'avait jamais entendu prononcer avec plus de ferveur les mots : « C'est une bénédiction. »

A quatre reprises depuis son centième anniversaire, Maude avait échappé aux griffes de la mort. Lors de son dernier séjour à l'hôpital, un écriteau portant : PITIÉ ! NE LA RESSUSCITEZ PAS avait été affiché au-dessus de son lit. Les médecins soupçonnaient que son fils, lui-même âgé de quatre-vingts ans, en était l'auteur. Après le quatrième retour à la vie de sa mère, on l'avait entendu s'écrier : « Je n'en serai donc jamais délivré ! »

Austin alluma la lumière dans la salle où reposait Maude. Il soupira. Malgré leurs efforts, ils n'étaient pas parvenus à camoufler l'expression renfrognée de la défunte.

« Bonne nuit, Maude », murmura-t-il.

Mais c'est sans sourire qu'il accomplit son petit rituel — il était trop préoccupé par la disparition soudaine de Luke et de Rosita. Depuis l'appel de Regan quelques heures plus tôt, l'hypothèse d'un enlèvement était devenu pour lui une certitude. Pour quelle autre raison Regan aurait-elle réclamé le numéro d'immatriculation de la limousine et celui de la carte d'abonnement ? Pourquoi refusait-elle de lui parler au téléphone ?

Une heure plus tard, lorsque Regan arriva en compagnie d'Alvirah Meehan, ses soupçons se confirmèrent.

« La police a fait mettre les lignes téléphoniques sur écoute, lui annonça Regan. Au cas où les ravisseurs appelleraient ici. »

Ils sursautèrent en entendant un coup frappé à la fenêtre.

« Encore lui ! » maugréa Austin en reconnaissant Ernest Bumbles, le nez collé à la vitre, qui brandissait en souriant le paquet qu'il avait déjà apporté plus tôt dans la journée.

Austin alla à contrecœur ouvrir la fenêtre.

« Désolé de vous déranger, dit Ernest, avec une contrition feinte. J'ai aperçu de la lumière et pensé que M. Reilly était peut-être de retour. »

Cette fois Austin ne chercha pas à cacher son irritation. « Il n'est pas là ! Si vous voulez laisser votre paquet, je m'arrangerai pour qu'il lui soit remis. Mieux encore, sa fille va le lui apporter chez lui. »

Il désigna Regan d'un geste de la main. Ernest passa la tête par la fenêtre ouverte.

« Enchanté de faire votre connaissance. Votre père est un homme merveilleux. »

C'est incroyable ! Qui est ce bonhomme ? se demanda Regan.

Alvirah s'était tournée vers la fenêtre afin d'enregistrer ce qui se disait à l'aide de sa broche.

« Je regrette de ne pas pouvoir entrer, mais ma femme Dolly m'attend dans la voiture. Elle ne se sent pas très bien. Nous étions en train de répéter nos chants de Noël, et elle a forcé sur la dernière mesure de *Mon beau sapin.* »

C'était mon chant de Noël préféré, songea Regan. Plus maintenant.

« Je reviendrai demain, continua Ernest. Je voudrais offrir moi-même ce cadeau à votre père. A plus tard. »

Et comme il était apparu, Ernest disparut dans la nuit.

Austin referma la fenêtre avec un claquement. « Ce type est complètement cinglé.

— Qui est-ce ? demanda Regan.

— Le directeur d'une association horticole. Ils

ont décerné une sorte de distinction honorifique à votre père il y a quelques années.

— J'en ai un vague souvenir, dit Regan. Il fait partie de tant d'associations et on lui décerne toujours un tas de distinctions. »

Regan se rendit compte qu'elle n'en pouvait plus. Elle n'avait plus rien à faire ici de toute façon. Austin lui avait dit que personne à sa connaissance n'avait de grief contre Luke. Autant qu'il s'en souvenait, il n'était jamais rien arrivé d'inhabituel dans aucun des trois funérariums.

« Nous ferions mieux de rentrer, dit Regan. Je me suis arrangée pour dormir dans la chambre de ma mère à l'hôpital, et auparavant je dois conduire la voiture à Manhattan afin que la police la prépare pour demain. Nous nous parlerons dans la matinée.

— Regan, je viendrai tôt demain matin et passerai au crible tous les documents des derniers mois, au cas où un problème serait survenu à mon insu, promit Austin. Je ne pense pas trouver grand-chose, mais on ne sait jamais. »

Au moment où ils s'apprêtaient à partir, Alvirah nota l'écriteau discret portant le nom de Maude Gherkin, et la flèche qui indiquait la salle où elle reposait. Elle se signa.

« Qu'elle dorme en paix. Connaissez-vous l'histoire de la femme qui passait devant la chambre funéraire de Frank Campbell à New York en sortant des toilettes ? Elle se dit qu'elle ne pouvait quitter le funérarium sans rendre un dernier hommage à quelqu'un. Elle entra donc dans une pièce où personne ne veillait le pauvre diable dans son cercueil, fit une rapide prière et signa le registre. Dans son testament ce type léguait dix mille dollars à quiconque viendrait le veiller. »

Regan sourit.

« Alvirah, vous avez déjà gagné au loto !

— Et croyez-moi, vous perdriez votre temps à signer le livre de Maude », dit Alvin tandis qu'il sortaient tous les trois et qu'il refermait la porte derrière eux. « Gardez la maison, Maude », dit-il tout bas.

Vendredi 23 décembre

« Tout le monde sur le pont ! Maintenant commence notre journée à un million de dollars ! » cria Petey en émergeant de la cabine, vêtu d'un pyjama rayé, sa brosse à dents en main. Il alluma le plafonnier. « C'est un peu comme du camping, non ? »

« Pourquoi cet abruti ne nous laisse-t-il pas dormir ? » maugréa Luke. La dernière fois qu'il avait regardé le cadran lumineux de sa montre, il était quatre heures du matin. Il avait fini par s'endormir, et voilà qu'il était sans raison tiré de son sommeil par cet énergumène. Il plissa les yeux pour voir le cadran : sept heures quinze.

Il sentait une sourde migraine le gagner. Il avait les membres douloureux sous l'effet combiné de l'humidité, du froid et de la mauvaise position de son corps sur l'étroite et courte banquette. En outre, le clapot qui se levait sur la rivière faisait cogner le bateau contre le quai, augmentant son inconfort.

Je donnerais tout pour une douche bien chaude. Et des vêtements propres. Une brosse à dents. Les petites commodités de la vie.

Il regarda la couchette de l'autre côté du carré où reposait Rosita. Elle s'était redressée sur un coude. Son visage trahissait l'épreuve qu'elle endurait. Ses yeux sombres semblaient énormes, contrastant violemment avec la pâleur de son teint.

Mais quand leurs regards se croisèrent, elle parvint à lui sourire et fit un signe de tête en direction de Petey. « Votre valet de chambre, monsieur Reilly ? »

Avant que Luke ait pu répondre, des coups violents furent frappés à la porte. « C'est moi, Petey, criait C.B. impatiemment. Ouvre. »

Petey le fit entrer, lui prenant des mains les sacs McDonald's dont il était chargé.

« Et voici le maître d'hôtel, chuchota Rosita.

— T'as pas oublié de m'apporter un McMuffin à l'œuf avec une saucisse, j'espère ?

— Je n'ai pas oublié, crétin. Habille-toi. Je ne supporte pas de te voir comme ça. Tu te prends pour Hugh Hefner, le patron de *Play-Boy*, ou quoi ?

— Hugh Hefner a un tas de filles. Quand on aura ce million, j'irai m'acheter un pyjama en soie, juste comme Hef.

— Si je te laisse faire, nous ne mettrons jamais la main sur ce million », grogna C.B. en allumant la radio.

Il regarda Luke. « J'écoutais l'émission *Imus le matin* en venant ici. Il a interviewé votre femme à l'hôpital. Elle va passer à l'antenne dans quelques minutes. »

Nora était souvent invitée à l'émission d'Imus. L'animateur avait sans doute appris l'accident et Nora lui avait accordé une interview au téléphone. Luke s'assit et se pencha en avant, impatient d'entendre sa voix.

C.B. triturait les boutons, cherchant la station. « La voilà », dit-il enfin.

La voix de Nora se fit entendre parmi les parasites. « Bonjour, Imus. »

« Où sont les patates sautées ? »

Petey fouillait dans le sac.

Luke ne put se contenir.

« La ferme ! » hurla-t-il.

« Bon, vous énervez pas. »

« Nora, nous sommes navrés de cet accident, disait Imus. J'ai fait une chute de cheval et vous vous êtes pris les pieds dans le tapis. Qu'est-ce que nous avons fait au bon Dieu tous les deux ? »

Nora éclata de rire.

Luke s'émerveilla de la décontraction dont elle faisait preuve dans ses réponses. Il savait qu'elle ressentait exactement ce qu'il aurait éprouvé à sa place. Mais elle devait faire bonne figure devant le reste du monde jusqu'à ce qu'ils se soient tirés de cette maudite situation.

Quelle qu'en soit l'issue.

« Comment va le directeur des pompes funèbres ? » demandait Imus.

« Il parle de vous, s'écria Petey. Ça alors ! »

« Oh, il est en pleine forme », dit Nora en riant.

« Il fait du bateau », hurla Petey en direction de la radio, se tapant sur les cuisses, ravi de sa plaisanterie.

Imus remerciait Nora pour les livres qu'elle avait envoyés à son jeune fils. « Il adore qu'on lui lise des histoires. »

Luke eut un moment de nostalgie au souvenir des livres que Nora et lui lisaient à Regan quand elle était petite. Lorsque Nora prit congé d'Imus, il sentit une boule se former dans sa gorge. Entendrait-il jamais sa voix à nouveau ?

« Mme Reilly a aussi envoyé des livres à mes enfants pour Noël, lui dit doucement Rosita. Elle m'a dit que le moment préféré de Regan, quand elle était petite, était celui où vous lui lisiez des histoires. »

Et elle avait un livre de prédilection, se rappela Luke, un livre qu'elle m'apportait toujours. *« Lis-le-moi encore une fois, papa »*, disait-elle en grimpant sur ses genoux. Oh, Seigneur ! Il retint une exclamation en se rappelant le titre du livre.

Luke chercha désespérément une solution. Il savait que C.B. avait accepté que Regan leur parle, à lui et à Rosita, avant de verser la rançon. Y avait-il une chance de lui indiquer où ils se trouvaient ? Un moyen de lui faire savoir que de l'endroit où ils étaient détenus on voyait le George Washington Bridge et le drôle de petit phare rouge en contrebas ?

Son livre préféré mentionnait ces deux constructions. Il était intitulé : *Le petit phare rouge et le grand pont gris.*

« Au revoir, Imus. »

Nora raccrocha.

« Tu as été formidable, maman », dit Regan.

Toutes les deux avaient dormi d'un sommeil irrégulier, Regan allongée sur un lit de camp que les infirmières avaient fait installer à son intention. Parfois, en se réveillant, elle avait entendu la respiration légère de sa mère, preuve qu'elle était endormie. A plusieurs reprises, cependant, elle s'était aperçue que Nora était éveillée et elles avaient alors bavardé calmement dans l'obscurité, jusqu'à ce que l'une d'elles s'assoupisse à nouveau.

A un certain moment, Nora avait dit : « Tu sais, Regan, on raconte qu'à l'instant de la mort, votre vie entière se déroule en un éclair devant vous. J'ai l'étrange impression que c'est ce qui m'arrive maintenant, mais au ralenti.

— Maman ! avait protesté Regan.

— Oh, je ne dis pas que je suis sur le point de mourir, non, mais lorsqu'un danger menace un être qui vous est proche, l'esprit se transforme en un kaléidoscope de souvenirs. Il y a un instant, je revoyais l'appartement où nous habitions, ton père et moi, lorsque nous étions jeunes mariés. Il était minuscule, mais c'était le nôtre, et nous étions ensemble. Le matin, Luke partait travailler et je me mettais à ma machine à écrire. Même lorsque les éditeurs me signifiaient leur refus par un simple formulaire, jamais il n'a douté une seule minute de moi. Le jour où j'ai vendu ma première nouvelle, quelle fête ! »

Nora s'était interrompue. « Je n'imagine pas la vie sans lui. »

Regan, qui avait passé une grande partie de la nuit à se remémorer ses propres souvenirs de son père, avait dû se forcer pour répliquer fermement : « Alors, ne l'imagine pas. »

A six heures, Regan s'était levée, avait pris une douche et enfilé le jean noir et le sweater qu'elle était passée chercher à l'appartement avant de rejoindre sa mère à l'hôpital.

La veille, alors qu'elle rentrait du New Jersey avec Alvirah, elle avait téléphoné à Jack Reilly et appris qu'on avait retrouvé la limousine à Kennedy Airport. Elle avait été remorquée jusqu'au laboratoire du garage de la Police Academy dans la 20e Rue Est, où ils allaient la passer au peigne fin, à la recherche d'indices sur l'identité des ravisseurs.

Regan n'ignorait rien des tests méticuleux qui seraient entrepris, ni des procédures soigneusement définies qui suivraient. Ils compareraient toutes les empreintes non identifiées trouvées dans la voiture avec celles que le FBI conservait par millions dans ses ordinateurs. Ils recueilleraient les moindres traces de fibres afin de les analyser. Elle-même avait participé à de nombreuses affaires où une broutille était devenue la pierre de Rosette.

Jack lui avait également rapporté ce qu'avaient révélé les enregistrements de la carte d'abonnement.

« ...rien de nécessairement significatif, comme vous le savez. Ils ont pu utiliser une autre voiture. »

Regan jeta un coup d'œil sur le plateau du petit déjeuner de sa mère resté pratiquement intact.

« Tu pourrais au moins boire ton thé, dit-elle.

— De la pénicilline irlandaise », marmonna Nora, prenant malgré tout sa tasse.

L'annonce de son accident avait provoqué une avalanche de fleurs de la part de tous leurs amis. Une fois la chambre presque transformée en reposoir, Nora avait demandé que les autres bouquets soient distribués dans l'hôpital.

On frappa à la porte et une aide hospitalière

bénévole demanda avec un sourire : « Puis-je entrer ? »

Elle tenait une boîte entourée d'un ruban de Noël écarlate.

« Bien sûr, dit Nora avec un sourire forcé.

— Première livraison de la journée, annonça gaiement la jeune femme. Quelqu'un l'a déposé pour vous hier soir, mais la réceptionniste a laissé des instructions précisant de vous le remettre seulement ce matin. Voilà. »

Nora prit la boîte.

« Merci.

— De rien », dit la jeune femme. Elle se tourna vers Regan. « Veillez à ce qu'elle fasse attention à sa jambe.

— Comptez sur moi. »

Regan savait que son ton était sec, mais elle tenait à éloigner de la chambre les gens qui n'avaient rien à y faire. Si les ravisseurs téléphonaient avant l'heure annoncée, elle voulait pouvoir parler sans contrainte et enregistrer la conversation grâce à la broche d'Alvirah.

« Je conserve toujours un double », avait expliqué Alvirah en lui confiant le minuscule dispositif. « Même si la police a mis votre téléphone sur écoute, vous aurez votre propre enregistrement des appels qui vous parviendront. »

Nora dénouait le ruban autour de la boîte.

« Au revoir », dit l'aide hospitalière.

Elle sortit, laissant la porte entrouverte. Au moment où Regan la refermait, elle entendit sa mère pousser un cri étouffé, et se retourna brusquement.

« Regan, viens voir ! » s'écria Nora d'une voix affolée.

Regan se hâta vers le lit et contempla le paquet ouvert. A l'intérieur, coincée entre les pattes d'un ours brun en peluche, coiffé d'un bonnet tricoté, il y avait une photo de Luke en smoking, arborant son plus beau sourire. Mais c'était l'inscription sur le vulgaire cadre rouge et vert qui l'emplit d'un effroi glacé. *Je serai à la maison pour Noël*, lisait-on sur la partie supérieure. *Au moins dans mes rêves*, disait la suite au bas du cadre.

Il y avait une enveloppe dans la boîte. Regan l'ouvrit en la déchirant. Sur une carte de vœux ordinaire l'expéditeur avait écrit en lettres capitales : « Nora, j'ai pensé que vous aimeriez avoir une photo de l'homme de votre vie. » Et en guise de signature : « Votre fan numéro 1. »

C'est un avertissement, pensa Regan.

« Laisse-moi lire. » Nora lui prit la carte des mains. « Ils nous menacent, Regan !

— Je sais.

— Si un incident se produisait et qu'ils n'aient pas l'argent... », murmura Nora.

Regan était déjà en train de composer le numéro de Jack Reilly.

JACK était resté debout toute la nuit à diriger le tourbillon d'activités qu'une situation extrême déclenchait toujours au sein de la brigade des affaires spéciales.

Le labo avait relevé les empreintes dans la limousine, les comparant avec toutes celles qui étaient enregistrées dans leur système informatique. Sans rien trouver jusqu'à présent. Des poils de polyester noirs laissaient penser que l'un des ravisseurs portait un postiche. Une fausse moustache plutôt qu'une perruque, étant donné la petitesse des poils. L'autre découverte d'une éventuelle importance était la présence de quelques écailles de peinture sur le plancher de la limousine, autour de la pédale de frein.

Les soupçons commençaient à converger vers l'ex-mari de Rosita, Ramon Gonzalez. Les renseignements fournis par la police de Bayonne avaient révélé qu'il était bien connu de ses services. Joueur invétéré, on le disait lourdement endetté auprès des bookmakers locaux, et personne ne l'avait vu récemment dans ses repaires habituels.

Il y avait un autre fait non négligeable : son jeune frère, Junior, joueur lui aussi, était occasionnellement peintre en bâtiment. Ils partageaient un appartement dans une vieille maison décrépite de deux étages. Le propriétaire, qui habitait sur place, disait n'avoir vu aucun des deux hommes depuis deux jours et se plaignait de leur retard dans le paiement du loyer.

Jack avait prévenu le FBI et travaillait désormais en liaison avec eux. Outre l'hélicoptère de la police, qui suivrait la voiture de Regan à la trace, un avion du FBI capterait les signaux de l'émetteur caché dans le sac contenant l'argent de la rançon.

L'enregistrement de l'appel des ravisseurs communiqué par Alvirah avait fait l'objet d'une analyse minutieuse. La voix de l'individu qui avait réclamé la rançon et celles de Luke et de Rosita s'entendaient clairement. Il était probable que l'inflexion lente et gutturale de l'homme était destinée à camoufler son intonation normale. Une deuxième voix d'homme était perceptible à l'arrière-plan, mais si faible qu'on n'avait pas encore pu déchiffrer ce qu'il disait.

D'après l'analyse des bruits ambiants, il était à peu près certain que Luke et Rosita étaient détenus dans un espace confiné situé à proximité de l'eau.

Comme Gabe Klein le fit observer : « Voilà qui réduit vraiment les hypothèses — les trois quarts de la planète sont couverts d'eau. »

A présent, à l'exception de la traque des deux frères Gonzalez, la police était entrée dans la phase d'attente de l'enquête.

L'appel de Regan, cependant, vint tout changer.

« J'arrive », lui dit Jack.

Trois jours avant Noël

VINGT minutes plus tard, il était dans la chambre de Nora, à l'hôpital.

« Le logo sur la boîte est celui de la boutique du hall de l'hôpital, lui dit Regan.

— Rien sur la photo n'indique l'endroit où elle a été prise, dit Nora. Luke et moi assistons à tant de soirées habillées.

— Lorsque nous avons pris conscience de ce que pouvait signifier cet envoi, nos empreintes étaient déjà sur le cadre et sur la carte, dit Regan.

— C'est sans importance, leur signala Jack. S'il y a d'autres empreintes que les vôtres, nous les trouverons. Savez-vous à quelle heure ouvre la boutique de cadeaux ?

— Je me suis renseignée, dit Regan. A neuf heures.

— Peut-être pourriez-vous aller les interroger discrètement, tenter d'apprendre quelque chose sur la personne qui a fait cet achat. On ne doit pas se douter qu'il s'agit d'une enquête de police.

— Je pourrais leur dire que l'auteur de ce présent a oublié de signer la carte, et que nous aimerions lui envoyer un mot de remerciement. »

Jack acquiesça. Il contempla les fleurs qui remplissaient la pièce. « Nora, on a beaucoup parlé de votre accident. Ceci, bien sûr, pourrait n'être qu'une macabre coïncidence.

— Je reçois une quantité de lettres de mes lecteurs, admit Nora, mais l'inscription sur ce cadre n'est-elle pas davantage qu'une coïncidence ?

— C'est possible.

— Auquel cas c'est une menace d'un goût amer », dit Nora.

Regan observait Jack. « Jack, vous semblez privilégier la thèse de la coïncidence. Pourquoi ?

— Parce que l'ex-mari de Rosita est notre principal suspect et que, d'après ce que je sais du personnage, ce genre de démarche est beaucoup trop subtile pour lui. Mais en même temps... » Il haussa les épaules et consulta sa montre. « Il est presque neuf heures. Regan, descendons ensemble à la boutique de cadeaux et voyons ce que nous pourrons y découvrir. Ensuite j'emporterai tout ça au labo. »

Il se tourna vers Nora. « Je sais à quel point tout ça vous bouleverse. Mais c'est peut-être un coup de chance pour nous. Nous risquons d'y trouver des empreintes correspondant à certaines de celles que nous avons relevées dans la voiture. Si le cadre n'a pas été acheté ici, nous chercherons d'où il provient. Quelqu'un à la boutique sera peut-être à même de nous décrire l'acheteur de l'ours en peluche. »

Retenant visiblement ses larmes, Nora hocha la tête. « Je comprends. »

Jack se tourna vers Regan. « Allons-y. »

PENDANT ce temps, dans l'Upper West Side, à moins d'un mile de l'hôpital, penché au-dessus de son bol de porridge, Alvin Chance rayonnait littéralement à la pensée du plaisir qu'éprouverait Nora Reilly en déballant son cadeau, peut-être en ce moment précis.

S'en tenant sagement à sa résolution, il n'avait pas révélé à sa mère l'achat de l'ours. Mais sa sagesse s'était arrêtée là.

« Comment ça, tu n'as pas signé ta carte ? s'était exclamée sa mère en se laissant lourdement tomber sur la chaise en face de lui. Tu es stupide ou quoi ! A quoi penses-tu ? Elle pourrait t'aider à te faire publier. Pour l'amour du ciel, tu ne sais donc pas que son éditeur est Michael Korda ! »

« EST-ce que maman va rentrer bientôt ? »

Ce fut la première question que posèrent Chris et Bobby en ouvrant les yeux à sept heures trente. Au moins ont-ils bien dormi, se consola Fred en répondant : « Elle va rentrer dès qu'elle le pourra. »

Sur un rayon de la penderie de la chambre il avait trouvé des draps, une couverture et un oreiller, et s'était installé sur le canapé. Il eût été plus confortable de s'étendre sur le lit de Rosita, mais il s'en était senti incapable. Il aurait eu l'impression d'envahir l'intimité de la jeune femme.

Il savait qu'il y avait une raison plus profonde à sa réticence. Tout dans la chambre évoquait de manière troublante la présence de Rosita.

Une photo d'elle, souriante, entourée de ses deux petits garçons, trônait sur la commode. Il régnait dans l'air une légère trace de parfum

— celui-là même qu'elle portait lors de leur dernière rencontre — qui émanait du vaporisateur posé sur la coiffeuse. Lorsqu'il avait ouvert la porte de la penderie pour y prendre les draps, la première chose qu'il avait vue était sa robe de chambre de soie blanche et, à demi dissimulée, une paire de mules en satin.

Cendrillon, avait-il pensé avec un serrement de cœur.

La veille, avant d'aller s'allonger sur le canapé, il avait appelé Josh Gaspero, l'ami avec qui il aurait dû partir. « Envolé », murmura-t-il pour lui-même, tandis que le répondeur se mettait en marche. « Normal. Il est probablement en train de boire un verre chez Elaine avec les habitués. »

L'explication qu'il avait laissée était brève : « Retardé par une affaire délicate. Je ne peux t'en parler ici. J'essaierai de te rejoindre là-bas dans deux jours. J'ai noté la liste des escales. »

A présent, il regardait Chris et Bobby se diriger vers la salle de bains et s'emparer machinalement de leurs brosses à dents. Quand vint le moment de se laver la figure, Fred décida d'intervenir. « Comme le disait ma mère, il faut se frotter derrière les oreilles », dit-il en s'emparant d'un gant de toilette et du savon.

Pendant qu'il préparait le café, les enfants disposèrent sur la table leur jus d'orange et leurs bols de céréales.

« S'il te plaît, est-ce que tu peux faire griller le pain dans le four ? demanda Chris. Le grille-pain est cassé et on n'a pas la permission d'allumer le gaz tout seuls.

— Maman nous gronde si on joue près de la cuisinière, dit Bobby.

— Maman a raison », répliqua Fred.

Le labo avait-il trouvé quelque chose de significatif dans la limousine ? se demanda-t-il. A cette heure ils l'avaient probablement examinée de fond en comble. Alvirah Meehan l'avait appelé la veille au soir pour lui annoncer que la voiture avait été retrouvée.

« Regan m'a recommandé de vous prévenir. Elle vous fait dire que nous vous tiendrons au courant de la suite des événements. »

Ils finissaient leur petit déjeuner lorsque le sergent Keith Waters de la brigade des affaires spéciales téléphona. « Reilly m'a demandé de t'informer, Fred. Je sais quelle est la situation de ton côté.

Quant à nous, voilà ce que nous savons à l'heure qu'il est. »

Il commença par les résultats de l'inspection de la voiture par le laboratoire, et la décision de concentrer les recherches sur Ramon Gonzalez et son frère.

« Mais nous sommes sur leur piste. Puisque tu es chez Rosita en ce moment, nous aimerions que tu fouilles soigneusement l'appartement. Vois si tu peux trouver quelque chose indiquant que son ex la menaçait ou essayait de lui soutirer de l'argent. Ou un indice pouvant nous apprendre où il se cache maintenant. Tu connais la routine. Nous avons un mandat de perquisition, bien entendu. »

Fred s'aperçut que les garçons écoutaient attentivement la conversation, cherchant à deviner qui était à l'autre bout du fil. « C'est entendu, fit-il en haussant la voix. Et si tu vois Rosita, dis-lui que ses enfants sont très sages et qu'ils sont contents qu'elle aide Mme Reilly.

— Mais dis-lui aussi qu'il faut qu'elle soit là pour Noël, cria Bobby, l'air consterné.

— Et quand est-ce qu'on va décorer l'arbre ? » C'était au tour de Chris d'être au bord des larmes.

« Que vas-tu leur raconter ? demanda doucement Waters.

— Je vais le leur dire immédiatement », claironna Fred. Il se tourna vers les garçons : « Maman vous fait dire qu'elle risque d'être très fatiguée en rentrant à la maison, et qu'elle aimerait bien que nous décorions l'arbre à sa place aujourd'hui. »

Il vit le doute apparaître sur le visage des enfants.

« Je suis très bon pour accrocher les guirlandes et je peux atteindre le haut de l'arbre. Nous garderons vos décorations préférées pour que maman les accroche elle-même quand elle rentrera. Qu'en dites-vous ?

— Bonne chance, mon vieux », dit Keith Waters en raccrochant.

En rentrant sur la pointe des pieds à minuit, Alvirah avait trouvé Willy en train de ronfler bruyamment dans la chambre à coucher, et sœur

Cordelia profondément endormie sur le canapé du salon.

Les mains de Cordelia reposaient à plat sur un journal, ses lunettes perchées sur le bout de son nez. Alvirah avait retiré les lunettes et le journal, débranché les guirlandes de l'arbre de Noël et éteint la lumière.

A présent, pendant qu'ils prenaient leur petit déjeuner, tous les trois confortablement emmitouflés dans leur robe de chambre, Alvirah relatait par le menu ce qui s'était passé depuis qu'elle avait téléphoné à Cordelia pour lui demander de rester avec Willy.

« La remise de la rançon a été fixée à dix-huit heures ce soir et j'ai l'intention de prendre place dans une des voitures banalisées qui suivront Regan », déclara-t-elle en beurrant généreusement son muffin.

Maintenant qu'il était débarrassé de son maudit implant, Willy avait retrouvé sa mine des bons jours ainsi que l'usage de la parole. « Mon chou, je n'aime pas l'idée de te savoir dans une de ces voitures », commença-t-il par protester. Puis, secouant la tête, il se versa davantage de café. « Rien à faire », marmonna-t-il.

Cordelia, l'aînée des six sœurs de Willy, était entrée au couvent cinquante-trois ans plus tôt, à l'âge de dix-sept ans. Aujourd'hui mère supérieure d'une petite congrégation dans l'Upper West Side de Manhattan, elle s'occupait avec quatre autres religieuses des nécessiteux de la paroisse.

Parmi de nombreuses activités, elles avaient créé une garderie d'enfants. Deux ans auparavant, Alvirah avait retrouvé la trace d'une fillette disparue qui autrefois avait été l'une de leurs petites protégées[1].

Etant sa belle-sœur depuis plus de quarante ans, rien de ce que faisait Alvirah n'étonnait Cordelia, même pas le fait qu'elle ait gagné quarante millions de dollars au loto.

Alvirah et Willy s'étaient montrés prodigues de leur nouvelle fortune. Comme le disait Cordelia : « Ils sont restés les gens simples qu'ils ont toujours été. Will ne nous fait jamais défaut chaque fois que l'un ou l'autre a besoin d'un plombier. Le seul changement chez Alvirah est qu'au lieu de faire des

---

1. Allusion à *Une si longue nuit* de Mary Higgins Clark, Albin Michel, 1998 (*N.d.T.*).

ménages elle s'est transformée en détective amateur de premier plan. »

Avec sa prestance et sa sagesse naturelle, Cordelia inspirait à la fois confiance et respect. Elle avait aussi une manière toute personnelle d'entrer immédiatement dans le vif du sujet.

« Ces remises de rançon sont-elles toujours couronnées de succès ?

— Elles le sont davantage dans les romans que dans la réalité, répondit Alvirah avec un soupir. Et l'ennui c'est que, s'il arrive un pépin, les ravisseurs paniquent. »

Cordelia secoua la tête.

« Je vais demander à tout le monde de faire des prières. Je dirai simplement que c'est dans une intention particulière.

— Nous avons tous besoin de prières, soupira Alvirah. Je me sens tellement impuissante.

— Mon chou, grâce à toi ils ont l'enregistrement de la voix du ravisseur. Cela peut leur être d'une grande aide, lui rappela Willy.

— Tu as raison, bien sûr ! Et l'inspecteur m'en a fait porter une copie. Ecoutons-la. »

Elle se leva, prit la cassette dans son sac et ouvrit le secrétaire d'acajou du salon qui renfermait un magnétophone perfectionné, autre cadeau du rédacteur en chef du *Globe*.

Elle avait passé de nombreuses heures l'oreille collée au haut-parleur, cherchant à saisir les nuances imperceptibles des conversations qu'elle avait enregistrées au cours de ses enquêtes.

Willy écarta la cafetière tandis qu'elle plaçait l'appareil entre l'assiette de bacon vide et le pot de confiture de framboises.

Alvirah introduisit la cassette.

« Lorsque nous l'aurons écoutée, j'irai à l'hôpital. J'ai promis à Regan d'y passer dans la matinée. Une longue journée les attend, elle et sa mère. Il n'y a pratiquement rien d'autre à faire que de patienter jusqu'à dix-huit heures.

— Je me sens mieux aujourd'hui. Si je peux faire quelque chose d'utile, je serai content de rendre service, proposa Willy.

— Je t'appellerai depuis l'hôpital », promit Alvirah en mettant l'appareil en marche.

L'audition de la cassette leur laissa une impression lugubre. Le front plissé, les lèvres serrées, Willy et Cordelia partageaient manifestement la colère et l'angoisse d'Alvirah.

« C'est simple et direct, dit Cordelia à la fin.

Entendre cette jeune mère s'inquiéter pour ses enfants me brise le cœur.

— J'aimerais mettre la main sur ce type », dit Willy, frappant inconsciemment sa paume gauche de son poing droit.

Alvirah rembobinait la cassette.

« Je veux l'écouter encore une fois.

— Tu as remarqué quelque chose ? demanda Willy plein d'espoir.

— Je n'en suis pas sûre. »

Elle écouta une deuxième fois, puis une troisième, les yeux fermés. Enfin, elle arrêta le lecteur.

« Il y a quelque chose qui me turlupine là-dedans, mais je n'arrive pas à déceler quoi.

— Ecoute-le à nouveau, insista Willy.

— Non, c'est inutile pour l'instant. Cela me reviendra plus tard. C'est toujours pareil. » La mine contrariée, Alvirah se leva. « Je sais que c'est quelque chose d'important. *Mais quoi ?* »

LORSQUE Regan et Jack entrèrent dans la boutique de cadeaux de l'hôpital, la femme d'une quarantaine d'années parfaitement maquillée qui se tenait derrière le comptoir bâillait. A leur vue, elle porta mollement à sa bouche une main manucurée.

« Excusez-moi, dit-elle, je tombe de fatigue. Tout ce bazar en période de fêtes m'a claquée.

— Je comprends, murmura Regan avec sympathie.

— Vous au moins, vous avez un beau mec avec vous. Moi, ça fait des mois que je n'ai pas eu de jules convenable, poursuivit la vendeuse.

— Oh, nous ne sommes pas... »

Jack la poussa du coude et sourit à la jeune femme dont le badge indiquait : « Bonjour. Je m'appelle Lucy. »

« Mes copines m'ont conseillé de prendre un job à l'hôpital. Vous y rencontrez plein de médecins, qu'elles m'ont dit. Bref, je me suis fait engager comme extra pendant le mois de décembre. » Elle s'interrompit, prit un air stupéfait : « Vous ne me croirez pas, pas un toubib n'a mis les pieds ici depuis que j'ai commencé voilà trois semaines. Ils passent tous en coup de vent dans le vestibule avec leurs blouses blanches.

— Ma pauvre », murmura stupidement Regan, malgré elle. Elle s'éclaircit la voix. « Bon, je regrette de vous ennuyer mais...

— Allez-y. » Résignée, la jeune femme porta à ses lèvres son gobelet de café. « Je suis tout ouïe.

— Nous aimerions parler à la personne qui travaillait ici hier soir.

— Elle est devant vous. Pourquoi suis-je éreintée, à votre avis ? »

Regan et Jack échangèrent un regard qui traduisait leur pensée : la chance est avec nous.

Jack avait mis l'ours en peluche et la photo encadrée dans un sac en plastique transparent qu'il avait emprunté dans le bureau des infirmières.

Regan le tendit à la vendeuse.

« Nous croyons que cet ours a été acheté ici hier soir.

— Exact.

— Vous vous souvenez donc de l'avoir vendu ? demanda Jack.

— Exact.

— Pouvez-vous nous donner quelques indications sur la personne qui l'a acheté ?

— Ah ! Ne m'en parlez pas. Je l'ai laissé entrer alors que j'étais en train de fermer, et le voilà qui prend une éternité pour choisir un ours en peluche. » Lucy désigna les ours exposés sur les rayonnages. « Vous voyez une différence, vous, entre ceux-là et celui que vous tenez à la main ? Pas moi. Ensuite il fouille dans un sac de grand magasin et en tire le paquet dans lequel était emballé le cadre. Je reste plantée là — après être restée sur mes jambes toute la journée — et j'attends qu'il défasse son paquet, comme s'il avait l'intention de réutiliser le papier. Puis il coince le cadre entre les pattes de l'ours et me demande de remballer le tout. Alors je l'ai mis dans une boîte que j'ai nouée avec un ruban. Là-dessus, il prend son portefeuille et met des heures à extraire la somme exacte d'un petit compartiment spécial. » Elle leva les yeux au ciel et conclut :

« Je peux vous dire une chose, si une fille sort avec ce mec, chacun paye sa part.

— Il a réglé en liquide ? » interrogea Jack.

Elle eut l'air chagriné.

« C'est ce que je viens de vous dire, non ?

— Comment le décririez-vous ? » continua Jack, l'agacement perçant dans sa voix.

Elle ne répondit pas tout de suite. « Pourquoi toutes ces questions ? Ne me dites pas que vous recherchez le frère disparu de Bill Gates. »

Regan se força à sourire.

« Il a déposé cet ours en cadeau pour ma mère, qui est hospitalisée ici, mais a oublié de signer la carte. Elle voudrait pouvoir le remercier.

— C'est drôle, dit Lucy, sincèrement perplexe. Il avait l'air si content de lui, vous savez, pendant qu'il mettait le cadre dans la boîte avec l'ours en peluche. Je pensais qu'il aurait signé la carte.

— Je pourrais peut-être trouver de qui il s'agit, si vous me décrivez vaguement à quoi il ressemble », insista Regan.

Lucy fit une moue dégoûtée.

« A pas grand-chose. La cinquantaine, des cheveux bruns, rares, taille moyenne, plutôt du genre débile.

— Vous dites qu'il portait un sac, dit Jack. Avez-vous remarqué de quel magasin il provenait ? »

Elle leva les yeux au ciel à nouveau.

« Vous parlez que je l'ai reconnu. J'y suis allée

une seule fois. J'ai acheté une robe qui s'est transformée en charpie au premier lavage.

— Où était-ce ? demanda Regan.

— Chez Long. Vous connaissez sûrement leur publicité : "Allons chez Long." Je vais vous dire une bonne chose : je ne remettrai plus les pieds chez Long avant longtemps.

— A quelle heure fermez-vous la boutique ? demanda Jack.

— En général à dix-neuf heures. Cette semaine, nous restons ouverts jusqu'à vingt et une heures. Il faut liquider toutes ces babioles de Noël. Après les fêtes, vous ne pouvez même plus vous en débarrasser gratis. »

Il était évident qu'il n'y avait plus rien à tirer de la vendeuse. Regan et Jack traversèrent le hall jusqu'au bureau de la réception. L'hôtesse savait qui était de service le soir précédent. « C'est mon amie, Vanessa. Je vais l'appeler au téléphone. »

Déçue, Regan écouta Vanessa lui faire la même description vague de l'homme qui avait déposé le paquet.

« A-t-il mentionné son nom ou précisé qu'il était un ami de ma mère ?

— Il n'a rien dit, sinon qu'il ne voulait pas qu'on la dérange hier soir. »

Regan s'efforça de garder un ton détaché :

« Dans ces conditions, je crois que cet homme devra se passer de remerciements.

— Du suspense pour la reine du suspense, dit Vanessa gaiement. Dites à votre mère que je lui souhaite un rapide rétablissement. »

Regan raccrocha.

« Elle en a fait le même portrait, malheureusement sans aucun détail supplémentaire, Jack. »

Elle se tourna vers l'hôtesse et la remercia de sa complaisance. Alors qu'ils s'éloignaient de la réception, Jack lui fit remarquer les caméras de surveillance installées dans le hall.

« Je vais demander les bandes vidéo de la soirée d'hier. Nous devrions pouvoir l'identifier grâce à la grosse boîte qu'il portait. »

« Hello, vous deux. » La voix énergique d'Alvirah était reconnaissable entre mille. Avant qu'ils n'aient eu le temps de lui répondre, elle vit que Jack tenait quelque chose à la main.

« Vous devez avoir une bonne raison pour vous balader avec cet ours en peluche dans un sac en plastique.

— Montons dans la chambre de Nora, proposa Jack, nous y parlerons plus tranquillement. »

Cinq minutes plus tard, ils y pénétraient, au moment où Nora reposait le combiné du téléphone.

« J'ai appelé mon agent de change. Le million de dollars sera débité de notre compte titres et versé à la Chase Manhattan. De là, il sera transféré à la Banque fédérale de réserve. Je leur ai dit qu'il s'agissait d'un investissement à l'étranger. » Elle sourit faiblement. « Dieu fasse que ce soit le meilleur usage que nous ayons jamais fait de un million de dollars. »

Jack tenta de la rassurer. « Nous ferons tout ce qui est en notre pouvoir pour ça. »

Regan et lui racontèrent ensuite le peu qu'ils avaient appris sur l'auteur du cadeau.

« Il n'y avait rien de remarquable dans son apparence. Il a payé en liquide. D'après ce que nous savons, il n'était ni pressé ni nerveux. Et il avait un sac de Long.

— Long ! s'exclama Alvirah. Avant de gagner au loto, j'y allais souvent. Il ressemble à la plupart de ces magasins de soldes. Il faut fouiller dans une quantité de trucs sans valeur avant de mettre la main sur quelque chose d'intéressant, mais vous faites parfois une affaire. Les gens adorent ce genre de défi. »

Elle jeta un coup d'œil sur le cadre.

« Oui, c'est exactement le genre d'articles qu'ils ont en promotion. Voulez-vous que j'aille vérifier, Jack ? »

Jack savait qu'Alvirah était imbattable pour dénicher des informations. Elle avait un don incroyable pour amener les gens à se confier à elle. Pourquoi pas ? pensa-t-il. Par la suite, s'ils avaient la chance d'obtenir une image à peu près convenable des caméras de surveillance, il enverrait un des gars de la brigade au magasin voir si quelqu'un pouvait identifier ce type.

« Je crois que ce serait une idée excellente qu'Alvirah aille chez Long », dit Nora.

Regan faillit lui proposer de l'accompagner, mais elle préféra s'abstenir. Le magasin serait bondé en cette veille de fêtes et, si les ravisseurs l'appelaient sur son téléphone portable, elle pourrait à peine les entendre.

Il y avait autre chose. L'expression qu'elle avait surprise sur le visage de sa mère l'incitait fortement à rester auprès d'elle.

Jack s'apprêta à partir.

« Je vais aller visionner les vidéos des caméras de surveillance.

— Quant à moi, je pars de ce pas chez Long », annonça Alvirah, heureuse de se lancer enfin dans l'action.

C.B. et Petey avaient eu une matinée bien remplie. Après le petit déjeuner, ils avaient quitté le house-boat et pris la direction de l'ouest, se dirigeant vers une ferme isolée et décrépite, à l'écart de la route 80 où le cousin de Petey lui laissait garer son bateau à moteur hors-bord.

Sur la route cahotante qui y menait, C.B. grommela : « Dans quel trou perdu m'amènes-tu ? »

Petey se vexa.

« C'est là qu'habite mon cousin, et grâce à lui j'ai un endroit où garer le bateau qui va nous permettre de ramasser un million de dollars, monsieur l'arrogant. C'est pas aux clochards de faire les difficiles.

— Es-tu sûr que ton cousin n'est pas là ?

— Sûr. C'est les vacances de Noël, au cas où tu l'aurais oublié. Tout le monde se tire quelque part, même nous — hein, C.B. ? J'ai conduit mon cousin et sa femme à la gare routière il y a quelques jours. A l'heure qu'il est, ils devraient être chez ma tante à Tampa. »

C.B. grommela à nouveau :

« Ne me parle pas d'oncle ni de tante.

— C'est ton oncle qui te manque ? » gloussa Petey, écrasant le frein de son pick-up maculé de peinture.

Il venait de s'arrêter devant la porte d'une grange.

C.B. ne daigna pas répondre. Si l'oncle Cuthbert avait fait ce qu'il fallait pour moi, songea-t-il, je n'aurais pas à supporter ce dégénéré. Plus approchait le moment où ils mettraient la main sur l'argent, plus il redoutait que l'opération tourne mal.

Il savait que l'endroit où serait remise la rançon était parfaitement choisi. Le problème était de faire confiance à Petey, de le croire capable d'arriver sans casse jusque-là avec son bateau à moteur. Mais Petey lui avait assuré qu'il pouvait naviguer autour de Manhattan les yeux fermés — ce qui devait probablement être son habitude, pensa C.B.

Ils descendirent de voiture et Petey courut ouvrir la porte.

« Et voilà », s'écria-t-il en retirant brusquement une vieille bâche d'un bateau en piteux état, monté sur sa remorque de mise à l'eau.

C.B. en aurait pleuré. Il maudit son oncle encore davantage.

« Tu ne vas pas me dire que ce machin-là *flotte* ? »

Petey grimpait déjà sur la remorque, sautait dans le bateau.

« Si ce bateau avait une voile, il gagnerait la coupe de l'America », cria-t-il. Il ôta la casquette de peintre qui était son habituel couvre-chef, et l'agita en direction de C.B. : « Ohé matelot ! lança-t-il joyeusement.

— Amène-toi Popeye. »

Petey leva le pouce en signe de satisfaction et descendit du bateau. Il tapota l'embarcation : « Ce petit bijou ne manque pas de pep, tu verras. Mon cousin a retapé le moteur que j'avais trouvé à la décharge.

— Qui est l'endroit où il aurait dû rester.

Quand cette baignoire a-t-elle vu l'eau pour la dernière fois ?

— Je suis allé à la pêche un jour de beau temps, en octobre, dit Petey, se grattant la tête. Attends que je réfléchisse. C'était peut-être Columbus Day, ou le week-end suivant ?

— Plutôt Halloween », répliqua C.B. « Bon, accrochons ton épave au pick-up et déguerpissons. On gèle ici. »

Petey entreprit de faire reculer son véhicule, la tête penchée hors de la fenêtre, demandant à C.B. de le guider. « Je passe ou non ? »

Avant que son compère n'ait pu répondre, Petey avait accroché le mur de la grange.

Après plusieurs essais infructueux pour assurer la remorque à l'arrière du pick-up, ils finirent par reprendre péniblement la route.

Petey renifla et s'essuya les yeux.

« Je ne reviendrai peut-être plus jamais ici.

— Dis-toi que tu as une sacrée veine. »

C.B. sortit son carnet et ils étudièrent le plan qu'ils avaient mis au point. Ils mettraient le bateau à l'eau dans une anse que connaissait Petey, à un demi-mile au sud de l'emplacement du house-boat.

Ils se débarrasseraient de la remorque dans les parages.

A dix-huit heures précises, Petey embarquerait, remonterait l'Hudson et franchirait le Spuyten Duyvil en haut de Manhattan. Il viendrait s'amarrer au quai, près de la jetée à hauteur de la 127e Rue. C'est à cet endroit que Regan Reilly déposerait la rançon. Petey mettrait un peu plus d'une demi-heure pour faire le trajet.

C.B. serait alors à bord du house-boat et, à dix-huit heures, il passerait le premier coup de fil à Regan Reilly, la laisserait parler brièvement à son père et à Rosita. Il lui dirait ensuite de s'engager dans Central Park. Puis il raccrocherait avant que l'appel ne puisse être repéré.

Il ne lui resterait plus ensuite qu'à franchir en vitesse le George Washington Bridge, descendre l'East Side Drive en appelant Regan à intervalles réguliers pour lui indiquer précisément son trajet.

« C'est ce qu'on appelle une action de retardement, expliqua-t-il à Petey. Au cas où elle téléphonerait aux flics, il leur sera plus difficile de la suivre à distance. Ils croiront que nous l'avons toujours à portée de vue. »

A la fin, Regan recevrait l'ordre de traverser la

Seconde Avenue à hauteur de la 127e Rue, de prendre la sortie de Marginal Road et de pénétrer dans le dock désert. Là, elle devrait déposer le sac de marin au bord de la jetée et repartir.

Une fois la rançon remise, Petey grimperait la récupérer, redescendrait dans son bateau, et filerait pleins gaz jusqu'à la 111e Rue où C.B. l'attendrait dans la voiture qu'ils avaient louée sous une fausse identité.

Petey abandonnerait le bateau, dont la trace était impossible à retrouver étant donné qu'il n'avait jamais pris la peine de le faire enregistrer, et que le moteur venait d'une décharge.

Ensuite, ils regagneraient le house-boat et s'amuseraient à compter leur argent jusqu'à l'heure de leur vol pour le Brésil, le lendemain soir.

« J'espère que la tempête annoncée ne va pas tout faire capoter, dit C.B., inquiet. Plus tôt nous déguerpirons de ce bled, mieux ce sera.

— *Arriba ! arriba ! Cha-cha-cha !* » chantonna Petey, frappant en cadence le volant.

C.B. décida que le mieux à faire avec Petey était de l'ignorer. Il sortit de son sac un des premiers livres de Nora Reilly et l'ouvrit au chapitre 8, qui était noirci par ses propres notes.

« Je veux juste revoir tout ça une dernière fois », dit-il, plus pour lui-même que pour son complice.

AUSTIN Grady arriva tôt au bureau ce vendredi matin et, sans attendre, passa en revue l'épais agenda dans lequel Luke Reilly notait ses rendez-vous.

Commençant par le jour présent, il examina l'emploi du temps de Luke minutieusement, remontant deux mois en arrière. Rien, absolument rien ne mentionnait que Luke ait pu avoir un problème ou une difficulté quelconque.

Les notes concernant les rendez-vous avec le regretté Cuthbert Boniface Goodloe amenèrent un sourire involontaire sur ses lèvres, et soulagèrent momentanément le sentiment d'angoisse et d'oppression qui s'était emparé de lui. Aucune jeune mariée n'avait jamais planifié son mariage avec l'attention manifestée par Goodloe pour ses funérailles.

Désirant qu'une assistance conséquente soit présente à ses derniers adieux, Goodloe avait donné des instructions précises. S'il mourait durant un week-end, la veillée funèbre n'aurait pas lieu avant le mardi. Il voulait que son corps soit exposé pendant deux jours et deux nuits entiers et que l'enterrement ait lieu le jeudi. Et c'est ainsi que les choses s'étaient passées.

« Il faut du temps pour prévenir tout le monde et publier l'annonce du décès dans les journaux », avait-il dit.

Dieu sait que les membres de Fleurs et Bourgeons avaient été prévenus longtemps à l'avance, songea Austin — et maintenant on n'arrivait plus à se débarrasser d'eux.

Le téléphone sonna sur son bureau. « Pourvu que ce ne soit pas cet exalté de Bumbles », murmura-t-il. C'était Regan. En entendant le son de sa voix, il eut le fol espoir qu'elle appelait pour lui annoncer que Luke et Rosita avaient été retrouvés sains et saufs. Mais, naturellement, il n'en était rien.

Il lui rapporta ce qu'il était en train de faire. « Je vais tout passer en revue, promit-il. Et poser discrètement quelques questions autour de moi. Il y a peut-être eu un problème avec un employé dont nous n'aurions pas eu connaissance.

— Merci, Austin, dit Regan d'une voix sourde. Comment savoir qui a pu agir ainsi ? Pour le moment la police se concentre sur l'ex-mari de Rosita. Il paraît qu'il aurait de grosses dettes de jeu, envers des gens peu recommandables.

— Le genre de chose qui pourrait pousser quelqu'un à trouver un million de dollars par n'importe quel moyen.

— Mais c'est peut-être aussi l'œuvre d'une personne qui en veut à mon père depuis dix ans. » Le ton de Regan se fit plus léger. « Vous savez ce que l'on dit de nous autres Irlandais : que nous oublions tout sauf une vieille rancune.

— J'en sais quelque chose, Regan », fit Austin, se rappelant sa vieille grand-mère qui n'avait jamais pardonné à sa cousine de l'avoir « éclipsée » en se mariant deux semaines avant elle.

Sur son lit de mort, soixante ans plus tard, grand-mère vitupérait encore contre l'affront qu'elle avait subi. Que sa cousine ait fait un mariage détestable ne l'avait pas apaisée.

« Comment se porte votre mère ? demanda-t-il.

— Elle trouve le temps long. Je resterai auprès d'elle jusqu'à la fin de l'après-midi. »

Il savait ce qu'elle voulait dire.

« Faites-lui mes amitiés, et soyez prudente, Regan.

— Bien sûr. A bientôt. »

Austin avait à peine raccroché que le téléphone sonna à nouveau. Il décrocha, espérant en secret entendre la voix calme de Luke lui dire, comme des centaines de fois auparavant : « Qu'est-ce qu'on a de prévu aujourd'hui, Austin ? »

« Austin Grady, dit-il.

— Ernest Bumbles à l'appareil, monsieur Grady ! »

La voix grinça aux oreilles d'Austin comme des ongles sur un tableau noir.

« Luke n'est pas là, lui annonça Austin d'un ton ferme. Et non, j'ignore quand nous le verrons.

— J'essaierai plus tard. A bientôt. »

Trois jours avant Noël

LUKE et Rosita s'étaient enveloppés dans leurs minces couvertures, du mieux qu'ils pouvaient. Le maigre chauffage au gaz était impuissant à combattre l'humidité glaciale qui régnait dans le bateau parcouru de courants d'air.

« Si nous sortons d'ici, j'emmènerai mes enfants à Puerto Rico pendant une semaine, dit Rosita. J'aurai besoin d'au moins huit jours pour me réchauffer.

— *Lorsque* nous sortirons d'ici, c'est moi qui vous y enverrai, en première classe », promit Luke.

Rosita sourit.

« Vous feriez mieux de vérifier votre compte en banque, avant. N'oubliez pas qu'il vient d'être délesté de un million de dollars.

— Et que vous m'en devez la moitié.

— Vous avez du culot ! » Cette fois, Rosita rit de bon cœur. « Comme l'a dit et répété C.B., si vous n'aviez pas présenté feu son cher oncle à Fleurs et Bourgeons, il n'aurait jamais modifié son testament.

— Je ne savais pas qui inviter à ce dîner, protesta Luke. J'avais des tables entières à remplir.

— Croyez-vous que M. Grady pourrait faire le rapprochement et mettre la police sur les traces de notre ami C.B. ? » demanda Rosita.

Luke préféra être franc.

« Je ne vois pas pourquoi il le ferait. C.B. a très bien contenu sa rage pendant la veillée funèbre, bien que je l'aie surpris en train de fourrer des feuilles pourries dans le cercueil de son oncle.

— Pas possible ? L'avez-vous raconté à M. Grady ?

— Malheureusement non. Je dois dire que je l'ai surtout plaint. Au fil des années, j'ai rencontré beaucoup de gens naturellement bouleversés, qui se comportaient de façon totalement imprévisible lorsque survenait un décès.

— Et ensuite il a assisté aux funérailles et au déjeuner, je parie qu'il s'est bien comporté. Comme vous-même n'y avez pas assisté, ils croient probablement aujourd'hui que nous avions déjà disparu. Si bien que personne ne pensera jamais à faire le lien avec lui, conclut Rosita.

— En effet. Il n'y a aucune raison qu'ils le fassent.

— Et personne n'imaginera que Petey puisse être dans le coup, poursuivit Rosita. Avec votre flegme habituel, monsieur Reilly, vous n'avez même pas montré que son travail ne vous convenait pas.

— J'étais extrêmement contrarié en réalité, mais il était plus facile de le payer et de l'envoyer se faire voir ailleurs. Et avouez que nous avons bien ri de cette histoire.

— Ça oui !

— J'y pense, Rosita. Si vous aviez accepté de sortir avec Petey, nous ne serions peut-être pas ici.

— Je préfère être ici. »

Luke pouffa. « Je ne peux pas vous en vouloir. »

Ils restèrent un moment silencieux ; puis Rosita dit :

« Je me demande qui s'occupe de mes enfants.

— Qui que ce soit, ne vous inquiétez pas. Regan s'assurera qu'on prend bien soin d'eux.

— Oh, je sais, dit-elle vivement. Mais ils sont probablement avec quelqu'un qu'ils ne connaissent pas, et il leur faut toujours un peu de temps avant de se sentir en confiance. » Elle marqua une pause. « Je leur manque, bien sûr, mais je suis certaine qu'ils m'en veulent aussi de ne pas être encore rentrée à la maison. Tout n'a pas été toujours rose pour eux depuis un an et demi, avec leur père qui les a abandonnés.

— Dès que vous serez rentrée, la vie reprendra son cours normal plus vite que vous ne le croyez, dit Luke, cherchant à la rassurer.

— Ce qui m'inquiète, dit-elle avec hésitation, comme réticente à exprimer son angoisse la plus secrète, c'est qu'un individu tel que C.B., apparemment incompétent, ait conçu et jusqu'à présent mené à bien cet enlèvement. Je me demande de quoi il est capable s'il décide de ne pas laisser de témoins. »

Luke préféra ne pas exprimer tout haut ce qu'il pensait. Au cas où un micro serait caché dans la pièce. Il aurait voulu révéler à Rosita son plan pour faire comprendre à Regan qu'ils se trouvaient à proximité des sujets de son livre d'enfants préféré, celui qui parlait d'un pont et d'un phare. Il savait que c'était un peu tiré par les cheveux, mais il n'avait pas d'autre carte à jouer.

Rosita avait raison. C.B. était capable d'un ultime acte de vengeance.

Trois jours avant Noël

ALVIRAH passa rapidement devant Macy's et se dirigea vers Long, au coin de la rue suivante. La circulation en ville était si dense qu'elle avait quitté son taxi pour s'engouffrer dans le métro. Malgré le froid, la foule se ruait dans les magasins pour les achats de dernière minute. En temps normal, Alvirah faisait volontiers du lèche-vitrines, mais elle avait autre chose à l'esprit pour le moment.

Elle savait qu'elle n'avait logiquement aucune chance de retrouver l'homme qui avait acheté ce cadre à trois sous, pourtant elle était décidée à essayer.

Elle franchit d'un seul élan la porte à tambour de Long puis s'arrêta et regarda autour d'elle, cherchant à s'orienter. Je ne suis pas venue ici depuis un certain temps, se dit-elle. Franchement, je ne peux pas dire que je le regrette. Elle se souvenait de la disposition des rayons comme si elle y était venue la veille. Le département « hommes » était au rez-de-chaussée, comme dans tous les magasins, nota-t-elle. Tout commerçant sait que les hommes ont horreur de faire des courses. Une fois que vous les avez enfin piégés, mieux vaut que le rayon vêtements leur saute aux yeux.

Des articles de pacotille tels que le cadre se trouvaient certainement au sous-sol. Il y avait la queue pour descendre par l'escalator. La jeune femme devant Alvirah traînait trois gamins à sa suite et paraissait épuisée.

« Tommy, je t'avais prévenu de ne pas dire à tes frères qu'il n'y a pas de Père Noël, souffla-t-elle à l'oreille de l'aîné.

— Mais il n'y en a pas ! protesta-t-il. Maman, tu ne crois quand même pas que ce débile au rayon des jouets est réellement le Père Noël ?

— Il le dépanne !

— J'ai entendu quelqu'un l'appeler Alvin.

— Et alors ? » dit sa mère tout en guidant ses enfants vers les marches de l'escalator.

Cet enfant est précoce, pensa Alvirah, amusée. Mais leur vue lui rappela les deux petits garçons dans le New Jersey qui attendaient le retour de leur mère et elle revint au sujet qui l'avait amenée là.

Au sous-sol se déployait une banderole portant l'inscription : SOLDES. Le rez-de-chaussée est peut-être encombré, pensa Alvirah, mais ici c'est l'émeute. Les cartes de vœux étaient vendues à moitié prix, les tables croulaient sous les décorations de Noël, les girandoles, les rouleaux de papier-cadeau. Le cadre vient certainement d'ici, décida Alvirah qui avait repéré devant elle un comptoir couvert d'accessoires divers.

Sa longue expérience de la chasse aux bonnes affaires lui avait appris à se faufiler parmi les rayonnages des soldes sans bousculer les autres acheteurs. Quelques secondes lui suffirent donc pour dénicher l'endroit où s'empilaient les cadres dans leur emballage, avec un exemplaire de chaque modèle exposé dans une boîte ouverte. L'un d'eux était la réplique exacte de celui de Nora.

Cachant mal son excitation, elle s'empara vivement du cadre, chaussa ses lunettes. *Sonne donc joyeux carillon*, proclamaient les lettres dorées en haut du cadre.

« Pas pour moi », marmonna Alvirah en retournant rageusement le cadre contre la table. Mais lorsqu'elle souleva le suivant, un large sourire éclaira son visage. *Je serai à la maison pour Noël... au moins dans mes rêves*, disait la légende. C'était le bon.

Alvirah parvint à attirer l'attention du vendeur,

un jeune homme d'apparence aimable, d'à peine plus de dix-huit ans.

« Je voudrais celui-là, dit Alvirah, agitant le cadre sous son nez.

— Laissez-moi vérifier duquel il s'agit. » Il le lui prit des mains. « Oh, il en reste encore une quantité. »

Il remit le modèle d'exposition sur le comptoir et prit une boîte sur la pile la plus haute. Elle portait la mention : FABRIQUÉ EN EXCLUSIVITÉ POUR LONG.

Bon, pensa Alvirah. Voilà un problème résolu.

« Je m'étonne qu'il en reste autant », dit-elle vivement.

Le vendeur haussa les épaules.

« Les autres se sont vendus comme des petits pains, mais pas celui-ci.

— Peut-être ne sont-ils en vente que depuis peu, suggéra Alvirah.

— On dirait plutôt qu'ils ont toujours été là. »

Il prit l'argent qu'elle lui tendait et actionna le tiroir-caisse.

Alvirah sentit le découragement la gagner. Autant chercher une aiguille dans une meule de foin.

« Peut-être pourriez-vous m'aider », dit-elle précipitamment, consciente de l'impatience de la femme derrière elle. « Quelqu'un a offert un cadre similaire à l'une de mes amies, et la carte qui l'accompagnait ne portait aucun nom. Elle ignore d'où provient ce cadeau et en est désolée. Vous ne vous souviendriez pas en avoir vendu un récemment, par hasard ?

— Vous plaisantez, madame ? Est-ce que vous imaginez la foule que nous avons vue défiler ici depuis Thanksgiving ? Dans deux secondes, je ne me souviendrai même plus de vous.

— Je vais coller ma photo dans un de ces cadres et vous l'envoyer », répliqua vertement Alvirah.

« Tout va bien par ici ? » La question provenait d'un chef de rayon qui venait de surgir à l'impromptu.

« Je m'entretenais simplement avec cet aimable jeune homme, répondit Alvirah d'une voix suave. Il s'est montré tellement serviable.

— Long toujours à votre service ! » chantonna le chef de rayon, se hâtant d'aller régler quelque conflit ailleurs.

« Je travaille seulement comme remplaçant à ce rayon durant les pauses », dit le jeune homme, visiblement reconnaissant qu'Alvirah ne se soit pas plainte de son attitude. « La vendeuse habituelle est en congé aujourd'hui. Elle sera de retour demain matin. Nous ouvrons à sept heures pour le dernier jour de shopping avant Noël.

— Comment s'appelle-t-elle ?

— Darlene.

— Darlene quoi ?

— Darlene Krinsky.

— Elle travaillait hier ?

— Toute la journée jusqu'à la fermeture.

— Merci », dit Alvirah.

Elle confierait cette information à Jack Reilly. C'était le mieux qu'elle puisse faire pour l'instant.

Alors qu'elle s'en allait, elle entendit la femme qui avait attendu derrière elle dire tout haut :

« Dieu soit loué, nous voilà enfin débarrassés de Sherlock Holmes. »

Trois jours avant Noël

L'HEURE où devait être remise la rançon approchant, la tension montait au sein de la brigade des affaires spéciales au One Police Plaza. Les allées et venues se succédaient dans le bureau de Jack Reilly.

La journée n'avait apporté que des déceptions. Les empreintes trouvées dans la limousine ne correspondaient à aucune de celles qui étaient enregistrées dans leur banque de données. Les vidéos des caméras de surveillance de l'hôpital n'avaient été d'aucune utilité. L'homme qui avait déposé le cadeau pour Nora Reilly était de taille moyenne et se tenait penché en avant. En pénétrant dans le hall de l'hôpital, il tenait le sac provenant du magasin de telle façon qu'il lui masquait le visage. Seule sa nuque était visible lorsqu'il était entré dans la boutique de cadeaux et, quand il en était sorti, le gros nœud de la boîte avait caché son visage aux caméras.

Alvirah avait fait le récit de son expédition chez Long. L'administration du magasin leur avait communiqué l'adresse et le téléphone de Darlene Krinsky, mais jusque-là on n'avait pas pu la joindre. Rien de surprenant à deux jours de Noël, se dit Jack. Elle fait des courses ou s'amuse chez des amis. Non qu'il attendît grand-chose d'un entretien avec elle. Si ce type n'avait pas utilisé de carte de crédit pour l'achat de l'ours dans la boutique de l'hôpital, il était peu probable qu'il en ait utilisé une pour un cadre valant moins de dix dollars.

Toutefois sa conversation avec Alvirah avait eu une conséquence imprévue. Ce soir, elle serait assise à l'arrière de sa voiture. Il ne comprenait toujours pas comment elle l'avait convaincu, mais ainsi qu'elle l'avait fait justement remarquer, leur seul lien direct avec les ravisseurs était l'enregistrement obtenu grâce à sa présence d'esprit. Un fait indéniable.

A quinze heures, tous les acteurs de l'opération se rassemblèrent dans le bureau de Reilly. Jack et son ami du FBI, Charlie Winslow, firent ensemble le point de la situation. Ils passèrent minutieusement leur plan en revue. Six voitures affectées à l'unité mobile de surveillance couvriraient Regan Reilly pendant qu'elle suivrait les instructions des ravisseurs. Elles resteraient en liaison entre elles par radio, utilisant une fréquence réservée du FBI.

La cellule technique chargée d'intercepter les

appels sur le portable de Regan relaierait immédiatement ces instructions à l'unité mobile.

« Nos agents ont pris livraison de l'argent à la Banque fédérale de réserve, leur dit Winslow. Ce soir notre avion survolera la scène et suivra les billets à la trace.

— Quant à vous, dit Jack Reilly, s'adressant aux cinq inspecteurs qui se tenaient sur le côté droit de la salle, vous surveillerez de près l'immeuble des Reilly, au cas où ces types tenteraient un coup tordu au moment où Regan quittera le garage. Dès qu'elle sera dans la rue, vous regagnerez vos véhicules et rejoindrez l'unité mobile. Des questions ? »

Dan Rodenburg, trente ans de service, se tortilla sur sa chaise.

« La pensée que Regan Reilly sera seule dans sa voiture ne me plaît pas tellement », dit-il sans détour.

A moi non plus, pensa Jack.

« Nous en avons discuté franchement avec elle. Elle risquerait de mettre la vie des deux otages en danger si l'un de nous se dissimulait dans sa voiture. Elle a reçu l'ordre de ne pas prévenir la police. Regan sait ce qu'elle fait ; elle possède une licence de détective et jouit d'une excellente réputation en Californie. »

La moue sceptique de Rodenburg n'échappa pas à Charlie Winslow. « Elle est enrôlée par le FBI dans cette affaire. Tranquillisez-vous : elle sera armée. »

Jack poursuivit : « La voiture que conduira Regan sera amenée dans le garage de l'immeuble de ses parents, à Central Park South, à dix-sept heures quarante-cinq. Regan attendra sur place. Le sac de marin contenant l'argent aura été placé sur le siège avant. A dix-huit heures, Regan longera le bloc qui sépare son immeuble de la Sixième Avenue et tournera à gauche pour s'engager dans le parc. »

Il marqua une courte pause.

« Je ne devrais pas avoir à vous le dire, mais soyons très clairs. Il se peut que l'un d'entre vous soit tenté de coincer l'individu qui prendra l'argent. N'en faites rien. La sécurité de Luke Reilly et de Rosita Gonzalez est en jeu et c'est la seule chose qui importe. Celui qui ramassera la rançon peut avoir prévu qu'un éventuel complice fasse disparaître les otages s'il n'est pas de retour au bout d'un temps donné. Malheureusement, nous avons tous été témoins de ce genre de choses. » Il se leva. « C'est à peu près tout. Vous n'ignorez pas que nous avons lancé un avis de recherche concernant Ramon et Junior Gonzalez. Tout semble les incriminer. »

Au moment où son assistance s'apprêtait à quitter la salle, le téléphone de Jack retentit. Ils s'immobilisèrent, sachant qu'il avait donné l'ordre de différer toutes les communications, excepté celles qui concernaient directement le kidnapping.

Il souleva l'appareil. « Reilly. » Il écouta. « Tous les deux ?... depuis mardi ?... vous avez vérifié tous les enregistrements téléphoniques ?... ils gagnent gros, dites-vous ? »

Il raccrocha.

« Les frères Gonzalez mènent la grande vie à Las Vegas, et regagnent l'argent qu'ils ont perdu à Atlantic City. Ce qui signifie... »

Charlie Winslow termina sa phrase :

« ... que nous ignorons totalement à qui nous avons à faire. »

PENDANT une bonne partie de la matinée, Fred avait occupé les fils de Rosita à trier les décorations de Noël et à démêler les guirlandes lumineuses. Tandis que l'un s'appliquait à battre l'autre de vitesse, il inspecta discrètement l'appartement. C'était une tâche qui l'embarrassait. Seule la pensée de Rosita retenue prisonnière l'autorisait à chercher un indice, le plus petit fût-il, qui permettrait de la ramener chez elle.

La vie de Rosita ressemblait à un livre ouvert. Les documents de son divorce avaient été établis presque un an auparavant. Ils octroyaient un droit de visite étendu au père — qu'apparemment il n'utilisait guère. Les relevés bancaires prouvaient qu'elle ne vivait pas au-dessus de ses moyens, aucune lettre de relance ne témoignait de factures impayées.

Des questions anodines posées aux enfants sur leurs activités et les amis de leur mère n'avaient fourni aucun élément.

Autant qu'il pût en juger, Rosita ne fréquentait aucun autre homme, et voyait peu son ex-mari. Tout cela confirmait ce que Fred pensait depuis le début, à savoir que Luke était la cible de cet enlèvement, et que Rosita avait simplement eu la déveine de se trouver avec lui à ce moment-là.

A midi, il alla chez lui avec les enfants et se changea. Puis il les emmena au Sports World, un parc d'attractions couvert, où ils déjeunèrent et montèrent sur divers manèges. Il avait gardé son téléphone portable dans sa poche de poitrine. Il savait que Keith Waters l'appellerait immédiatement s'il y avait du nouveau, ou si quelqu'un laissait un message sur le répondeur de Rosita.

Ils regagnèrent l'appartement en fin d'après-midi. Son atmosphère chaleureuse et accueillante semblait l'avoir déserté. L'entrain des deux garçons se dissipa instantanément.

Les larmes commencèrent à couler sur les joues de Bobby. « J'espérais que maman serait là. »

Fred leur montra les girandoles et les décorations rangées en piles sur le sol.

« Allons, il faut décorer l'arbre maintenant. Ainsi, maman aura une belle surprise en arrivant.

— Mais on en laissera un peu pour elle, lui rappela Chris.

— Bien sûr. Dites donc, est-ce que maman met parfois de la musique pour Noël ?

— Oui, oui, maman adore les chants de Noël. On a plein de CD.

— C'est moi qui choisis. »

Bobby se précipita vers la chaîne stéréo.

Comme résonnaient les premières notes joyeuses de *Rudolph, le petit renne au nez rouge*, le téléphone sonna. Chris s'élança vers l'appareil. « Allô », cria-t-il d'une voix pleine d'espoir. Visiblement déçu, il se tourna vers Fred : « C'est pour toi. »

C'était Keith Waters, qui lui annonçait que les frères Gonzalez ne faisaient plus partie des suspects. Pas une grande surprise, pensa Fred en raccrochant. Mais malgré tout une déception. Comme dit le proverbe : « Mieux vaut connaître son ennemi. » Gonzalez avait peut-être désespérément besoin d'argent, néanmoins il était difficile d'imaginer le père de ces enfants capable d'assassiner leur mère pour en obtenir.

Luke et Rosita étaient-ils entre les mains de psychopathes ?

Trois jours avant Noël

À seize heures trente, Nora dit à Regan : « Tu devrais partir maintenant. Aller à l'appartement te préparer. »

Regan savait que sa mère s'inquiétait. « Je préférerais que tu ne restes pas seule.

— Je sais comment m'occuper. » Nora ouvrit le tiroir de sa table de nuit et en retira un chapelet.

« Quelques dizaines d'Ave, fit Regan en souriant.

— Un rosaire complet plutôt », corrigea sa mère.

Regan se pencha et l'embrassa sur le front.

« Sois prudente, Regan. »

La voix de Nora se brisa.

Incapable de répondre, Regan la serra rapidement contre elle et se détourna. Sur le seuil de la porte, elle s'immobilisa et regarda sa mère. « Tu sais, maman, il y a un autre poème qui dit : “Je serai à la maison pour Noël...

— ... attends-moi”, termina Nora.

— Exactement ! »

Regan leva le pouce et referma la porte derrière elle.

LUKE écarquilla les yeux de stupéfaction en voyant Petey sortir de la cabine.

Rosita murmura : « Oh, Seigneur, qu'est-ce que c'est que cette mascarade ? »

« Tous à la plage ! » s'écria Petey en traversant gauchement la pièce, visiblement gêné et à l'étroit dans sa combinaison de plongée.

« Ne me dites pas que la remise de rançon aura lieu dans un bal costumé », dit Luke.

Rosita hocha la tête. « Et il s'est déguisé en commandant Cousteau. »

« Taisez-vous ! gronda C.B., hors de lui. Rien ne m'oblige à indiquer l'endroit où l'on pourra vous retrouver.

— Ce serait pas juste », protesta Petey, clignant des yeux. Il tortillait le cou, remuait ses épaules. « Je me sens serré dans ce truc. J'aurais dû prendre une taille au-dessus.

— Cesse de te plaindre et va chercher tes lunettes de plongée et le reste, ordonna C.B. en enfilant son manteau. Il est temps de partir.

— Une minute », dit Luke, craignant de ne pas avoir l'occasion de parler à Regan. « Vous avez dit à ma fille qu'elle pourrait s'entretenir avec nous avant de vous remettre l'argent. Elle ne vous donnera pas un sou si vous ne respectez pas vos engagements.

— Vous en faites pas, dit Petey. C.B. me conduit seulement à mon bateau.

— Tu viens, oui ou non !

— Bon. Ne me bouscule pas, se plaignit Petey. J'ai trop de choses à l'esprit. »

Ils étaient enfin partis.

Pas pour longtemps. Dix minutes plus tard, Petey était de retour.

« Oublié les clés de mon bateau, dit-il en s'excusant presque. Comme je l'ai dit à C.B., voilà ce qui arrive quand on se presse trop. »

À dix-sept heures trente, Alvirah se changea et enfila un tailleur-pantalon confortable et des chaussures à semelles de caoutchouc, s'apprêtant à jouer sérieusement son rôle de passagère dans la voiture de Jack Reilly. Elle agrafa sa broche soleil à sa veste.

« Je mettrai le micro en marche dès l'instant où je monterai dans la voiture. »

Willy examina d'un air soucieux les chaussures de sa femme : « Mon chou, s'il faut poursuivre les malfaiteurs à pied, tu ne vas quand même pas te joindre à la course ?

— Ça ne risque pas, Willy. Je ne cours pas assez vite. Mais si, pour une raison ou une autre, nous devons descendre de la voiture, je ne veux pas me rompre le cou. Il y a du verglas.

— Tant que tu me promets de rester en arrière quoi qu'il arrive... »

Ils rejoignirent Cordelia qui les attendait dans le salon.

Lorsque Regan avait téléphoné une vingtaine de minutes plus tôt, c'est Cordelia qui lui avait répondu.

« Est-ce que votre mère est seule à l'hôpital ? avait-elle gentiment demandé.

— Oui, avait répondu Regan. Cela me tracasse, mais elle ne veut absolument rien dire de cette histoire à personne, même à ses plus proches amies. Elle redoute une indiscrétion auprès des médias.

— Elle ne devrait pas rester seule, affirma sœur Cordelia. Je viendrais volontiers lui tenir compagnie. Et je sais que Willy aussi. »

Cinq minutes plus tard, Regan avait rappelé.

« Je croyais que ma mère voulait rester seule, mais elle dit qu'elle sera ravie de votre présence auprès d'elle. »

Ils prirent l'ascenseur ensemble.

Le portier héla un taxi pour Willy et Cordelia, puis se tourna vers Alvirah.

« J'attends quelqu'un », expliqua-t-elle.

Depuis la porte d'entrée, elle apercevait le garage de l'immeuble des Reilly. A dix-sept heures cinquante-trois, Regan apparut au volant d'une BMW vert foncé. « Bonne chance, Regan », murmura Alvirah au moment où la voiture de Jack Reilly se garait le long du trottoir. Elle franchit en courant les quelques mètres qui l'en séparaient et se glissa sur le siège arrière.

« Alvirah, voici l'inspecteur Joe Azzolino », dit Jack avec un geste vers le conducteur, sans quitter des yeux la BMW qui les précédait.

« Contente de vous connaître », fit Alvirah.

L'heure n'était pas aux mondanités.

Tout le long du pâté de maisons jusqu'à la

Sixième Avenue, nom que les vieux New-Yorkais donnaient encore à l'Avenue des Amériques, la chaussée était bloquée par la file des taxis et des voitures de maître qui chargeaient et déchargeaient leurs passagers devant les hôtels et les restaurants de luxe en bordure de Central Park South.

Ils suivirent la voiture de Regan dans sa lente progression. « Ces embouteillages tombent à pic, dit Jack avec satisfaction. Regan n'aura pas à ralentir trop longtemps pour nous attendre au croisement. »

A dix-huit heures précises, elle tourna à gauche et s'engagea dans Central Park.

Une voix s'éleva sur la ligne du FBI : « Son portable est en train de sonner. »

« TU as tout pigé ? » demanda C.B. en suivant l'étroit chemin qui menait à l'anse où ils avaient amarré le bateau de Petey et caché la remorque.

« Est-ce qu'un canard sait nager ? Est-ce que le pape est catholique ? Est-ce que les ours...

— Laisse tomber, implora C.B. Répétons depuis le début une dernière fois. Tu embarques sur cette périssoire bouffée par les termites que tu appelles un bateau. Tu surveilles l'heure et, à dix-huit heures tapantes, tu mets le contact et tu démarres.

— Est-ce qu'il faut synchroniser nos montres, capitaine ? »

C.B. lui lança un regard noir, puis continua : « Avec ton baquet, tu franchiras Spuyten Duyvil, contourneras la pointe nord de Manhattan jusqu'à la Harlem River...

— Spuyten Duyvil est un mot hollandais, l'interrompit Petey. Je crois que ça veut dire "malgré le diable". Le courant est vicieux dans le coin. C'est sûr. Mais pas de problème pour un vieux loup de mer comme moi.

— Ferme-la ! Ferme-la ! *Ferme-la !* Tu te serviras du téléphone portable de Rosita...

— Celui de M. Reilly est beaucoup plus récent. Tu aurais pu me le refiler. Mais non... »

C.B. freina si violemment que Petey fut projeté

en avant. « J'aurais pu avoir une commotion cérébrale, gémit-il.

— Continuons, je t'appellerai ce soir vers dix-huit heures quarante-cinq. Tu seras alors à ton poste, amarré au quai à la hauteur de la 127e Rue, près de la jetée. Je te parlerai brièvement. *Tâche* de piger qu'un portable peut être repéré en moins d'une minute. »

Petey siffla avec admiration. « C'est super-rapide. Tout est vachement technologique aujourd'hui, hein, C.B. ? Moi, je préfère les trucs un peu plus simples.

— Dieu sait que tu l'as prouvé », marmonna C.B.

EN dépit du trafic dense sur River Road, C.B. mit moins de dix minutes pour franchir le demi-mile qui séparait l'anse, où il avait laissé Petey, du house-boat. Quand il quitta la voie à grande circulation, il craignit qu'une voiture de police ne le suive et ne le voie s'engager dans une route qui menait à une marina fermée pour l'hiver.

Quand ils avaient concocté le plan à l'origine, c'était Petey qui avait imaginé d'amener le house-boat de Lincoln Harbor, une marina qui était ouverte toute l'année, jusqu'à l'appontement isolé de Edgewater.

Cette partie du plan avait marché, reconnaissait malgré lui C.B. en jetant un regard inquiet dans le rétroviseur. Et la prochaine fois que j'emprunterai cette route, j'aurai un million de dollars sur le siège arrière.

Il prit le tournant, roula à la vitesse d'un escargot jusqu'à ce qu'il fût certain que personne ne le suivait. Puis il accéléra pendant le reste du trajet jusqu'au parking. Une fois arrivé là, il gara la voiture et longea à pied l'appontement où était amarré le house-boat. Le vent s'était levé et la température chutait. Le bulletin météo qu'il avait entendu en chemin prévoyait que la tempête annoncée passerait peut-être plus au large.

Je me fiche de l'endroit où elle soufflera. D'ici là je me serai envolé avec le fric, pensa-t-il.

L'accès au house-boat était hasardeux. Le courant écartait puis rapprochait violemment le bateau de l'appontement. Qui au monde aurait envie d'habiter un truc flottant ? se demanda-t-il en hissant péniblement la lourde masse de son corps sur le pont. Il eut un instant de panique lorsque ses jambes firent le grand écart, un pied sur l'appontement, l'autre partant au large avec le bateau.

« Il faut être acrobate pour faire ça tous les jours », gémit C.B. à voix haute quand il se retrouva enfin les deux pieds fermement plantés sur le pont. Mais ce cauchemar est presque terminé, se promit-il à lui-même avant d'entrer à l'intérieur.

Dix minutes plus tard, à dix-huit heures précises, il composa le numéro du portable de Regan. Dès qu'elle répondit, il ordonna d'une voix gutturale : « Continuez à rouler vers le nord. Votre père et Rosita vont bien. A propos, ils ont même entendu votre mère dans l'émission d'Imus ce matin... n'est-ce pas, Luke ? »

Il plaça le téléphone devant la bouche de Luke.

« J'ai effectivement écouté ta mère ce matin, Regan », dit Luke. Faites qu'elle comprenne ce que j'essaye de lui dire, pria-t-il. « Je me vois justement en train de te lire ton livre préféré quand tu étais petite.

— Ça suffit ! dit C.B. Au tour de Rosita.

— Regan, qui s'occupe de mes enfants ? »

C.B. ne laissa pas à Regan le temps de répondre. « Faites le tour du parc. Je vous rappellerai. » Il coupa la communication. « Je vous quitte, annonça-t-il à Luke et à Rosita. Souhaitez-moi bonne chance. »

SON père et Rosita étaient toujours en vie. Les ravisseurs s'apprêtaient à récupérer la rançon. Regan se rendait compte maintenant à quel point elle avait redouté qu'ils ne paniquent pour une raison ou pour une autre et qu'ils ne la rappellent plus.

Faites le tour du parc. C'était l'ordre qu'il lui avait donné. La circulation était dense sur la route qui sinuait dans le parc jusqu'à la sortie de la 72e Rue, où un flot ininterrompu de voitures tournait dans la Cinquième Avenue. D'autres bifurquaient sur la gauche vers le West Side. Rares étaient celles qui continuaient vers le nord.

C'est ennuyeux, réfléchit Regan. Avec si peu de circulation, il sera plus facile de repérer que je suis suivie. En approchant de la 110e Rue, la route tournait vers l'ouest, puis revenait vers le sud. Son interlocuteur n'avait pas fixé de limite de temps pour la traversée du parc, et il ne lui avait pas dit non plus de se presser. Il est probablement assez malin pour savoir que la police peut repérer l'endroit d'où émet un portable s'il fonctionne plus d'une minute. C'est pourquoi il a tout juste permis à ses otages de dire quelques mots.

Papa a entendu Nora dans l'émission d'Imus ce matin. Imus a mentionné les albums que maman lui avait envoyés pour ses enfants. Mais pourquoi papa a-t-il parlé des livres qu'il me lisait lorsque j'étais petite ? Il *savait* certainement qu'il ne disposait que de quelques secondes. Et il a fait allusion à mon livre préféré. Lequel était-ce ? Je ne m'en souviens même pas.

Elle passait devant la sortie de la 96e Rue sur le West Side. Le trafic augmentait.

Hier soir maman m'a dit qu'elle ne cessait de penser aux premiers temps de sa vie avec papa. Elle a évoqué leur premier appartement et le jour où elle a vendu sa première nouvelle. Apparemment, papa se plonge lui aussi dans les souvenirs.

Regan refoula les larmes qui lui montaient aux yeux.

Elle passait devant la Tavern on the Green. Le restaurant, brillamment éclairé en temps normal, était aujourd'hui décoré de guirlandes lumineuses qui lui donnaient un air de fête. Enfant, elle adorait faire un tour sur le manège installé près du zoo de Central Park et aller ensuite déjeuner à la Tavern on the Green.

Elle atteignait l'extrémité sud du parc et roulait sur une portion de route parallèle à Central Park South. Elle avait décrit un cercle complet.

Son portable sonna à nouveau.

« SAILING, *sailing over the bounty Maine* », chantait Petey, chaussé de ses lunettes de plongée, tandis qu'il passait sous le George Washington Bridge et virait vers le nord. Sentant l'air froid et humide lui piquer les joues, il entonna une autre chanson qu'il avait apprise à l'école : « *Oh, it's so thrilly when it's chilly in the winter.* »

Bang !

« Alerte aux glaces ! » glapit Petey tandis que le bateau tanguait violemment. Cette fois-ci il entonna « ... *my heart will go on and on* ». Il avait vu *Titanic* trois fois. Si j'avais été à la barre de ce rafiot, il n'aurait pas sombré, se dit-il.

Petey se sentait libre comme l'air. Il lui semblait avoir toute la rivière pour lui seul, et il était dans les temps. Il tapota le bord du bateau.

« Tu vas me manquer quand je serai au Brésil. On s'est bien amusés tous les deux. J'espère que les flics te trouveront un port confortable. »

Il était presque arrivé en haut de Manhattan. « Spuyten Duyvil, me voici », cria-t-il en virant de bord pour pénétrer dans l'étroit chenal qui reliait l'Hudson et la Harlem River.

« J'ai l'impression d'être dans une machine à laver », murmura-t-il, pris dans les remous qui bousculaient son vieux bateau.

« Victoire ! » cria-t-il triomphant un quart d'heure plus tard, en s'amarrant au quai à hauteur de la 127e Rue, bien dissimulé sous le Triborough Bridge.

Trois jours avant Noël

Où vont donc tous ces gens ? C.B. enrageait en attendant derrière une file de voitures de pouvoir payer le péage du George Washington Bridge. Ils devraient être chez eux en train d'emballer les cadeaux. Quant à moi, je déballerai le mien dans quelques heures, songea-t-il. Cette pensée lui remonta le moral.

Il avait couché sur une feuille de papier les instructions qu'il avait l'intention de communiquer à Regan Reilly. J'espère que vous aimez zigzaguer, songea-t-il, car c'est ce que vous allez faire jusqu'à dix-neuf heures.

Il vérifia l'heure à sa montre. Dix-huit heures vingt. Il était temps de rappeler Regan, mais pas avant d'être dans le voisinage du pont. Il voulait être certain qu'il n'y aurait pas d'interférences sur la ligne.

Dès qu'il eut atteint le Harlem River Drive, C.B. sortit son portable. « L'heure est venue d'aller admirer les jolis arbres de Noël sur Park Avenue, Regan », dit-il.

« QU'EST-CE qu'ils concoctent à ton avis, Jack ? » demanda Joe Azzolino à son chef, comme les instructions des ravisseurs leur étaient communiquées par le centre d'écoute du quartier général.

« Eagle » était le nom de code donné à l'opération.

« Le plus probable est que l'un d'eux la suit et essaye de repérer nos voitures », dit Jack. Mais pourquoi ai-je l'obscur pressentiment qu'ils ont un atout dans leur manche dont nous ne nous doutons pas ? se demanda-t-il. Le centre d'écoute n'était pas parvenu à localiser leur portable. Les deux appels avaient été trop brefs.

Le suivant eut lieu à dix-huit heures trente-cinq. Regan reçut alors l'ordre de quitter Park Avenue, de remonter la Troisième Avenue, de s'arrêter à la hauteur de la 116e Rue et d'attendre.

Jack mit en marche son émetteur. « Eagle Un à toutes les unités. Restez à distance, mais ne la perdez pas de vue. »

Blottie au fond du siège arrière, Alvirah était restée étonnamment silencieuse jusque-là, pour la bonne raison qu'elle cherchait ce qui la poursuivait depuis une demi-heure. Soudain tout lui revint à l'esprit et elle comprit ce qui l'avait tracassée plus tôt dans la journée lorsqu'elle écoutait la cassette du premier appel des ravisseurs. Un des livres les plus anciens de Nora Reilly avait pour sujet un kidnapping à Manhattan. Dans ce roman, la femme de la victime recevait l'ordre de remonter la Sixième Avenue depuis Greenwich Village et de pénétrer dans le parc par l'entrée de Central Park South. L'entrée de Central Park South, c'est cette coïncidence qui me trottait dans l'esprit, pensa-t-elle.

Lorsqu'elle atteignit la 116e Rue, Regan s'arrêta et resta en double file. Azzolino se gara à la hauteur de la 115e Rue, volant la place que s'apprêtait à prendre un autre conducteur. Ils attendirent en silence.

Tandis que revenait à sa mémoire le scénario du livre de Nora, Alvirah se souvint que, dans cette histoire, le ravisseur baladait la conductrice du West Side à l'East Side. Son intention, toutefois, était de l'amener habilement de plus en plus au nord de la ville, de plus en plus près de la Harlem River.

Dans le roman, il était question de déposer la rançon près de la rivière. *Et ensuite ?* se demanda-t-elle. Elle l'avait lu voilà bien longtemps et les détails lui échappaient. Alvirah plissa le front sous l'effet de la concentration. Il faut que je prenne le temps de réfléchir. Mais elle devait au moins *signaler* la similitude entre ce qui était arrivé dans le roman de Nora Reilly et ce qui se passait actuellement.

« La police a-t-elle une patrouille fluviale à Randall's Island ? demanda-t-elle.

— Bien sûr, dit Jack sans tourner la tête. Pourquoi ?

— Eh bien, il se trouve simplement que Randall's Island est près du Triborough Bridge. Un bateau mettrait à peine quelques minutes pour traverser la rivière.

— En effet. »

Il y avait une pointe d'agacement dans la voix de Jack.

« Vous savez, dans un livre de Nora que j'ai lu autrefois, la rançon était remise... »

Au même moment ils entendirent : « Eagle à toutes les unités. Elle vient de recevoir l'ordre de prendre la Troisième en direction du nord. »

« Dans ce livre, poursuivit Alvirah, la femme de la victime va jusqu'au bout d'une jetée, d'un embarcardère ou de quelque chose de ce genre et dépose l'argent sur un quai. Quelqu'un attend dans un bateau, tend le bras et s'en empare. »

Un semi-remorque avait brûlé le feu rouge et était maintenant arrêté au milieu du carrefour dans la Troisième Avenue. Regan avait franchi le croisement avant que le camion ne s'y engage. Maintenant ils étaient bloqués derrière le maudit véhicule et l'avaient perdue de vue. « Eagle Un à toutes les unités, lança Jack dans son émetteur. Nous sommes coincés. Ne la perdez pas. »

« Jack...

— Alvirah, pas maintenant, s'il vous plaît. »

Le semi-remorque se dégageait lentement. Azzolino écrasa l'accélérateur. Même en brûlant le feu rouge, ils n'arrivèrent pas à rattraper Regan. Ils se trouvaient à un bloc derrière elle.

Ils dépassaient la 123e Rue.

Curieusement, Alvirah savait ce qui allait se passer ensuite. Dix contre un que Regan recevrait l'ordre de s'engager sur une route déserte longeant la Harlem River. Puis ils lui diraient de déposer l'argent sur le quai.

« Jack, je sais que vous allez me trouver complètement folle, mais écoutez-moi. Ces ravisseurs ont lu les livres de Nora Reilly, et ils s'inspirent d'un de ses scénarios. Vous devriez dire à vos hommes d'aller faire un tour sur l'eau aux environs du Triborough Bridge. Il y a un bateau là-bas qui est prêt à ramasser la rançon. »

Il ne nous manquait plus que ça, pensa Azzolino.

« Eagle à toutes les unités. Elle va tourner dans la 127ᵉ. »

Marginal Street, se dit Alvirah. C'est la route qu'ils vont lui faire prendre.

« Jack, écoutez-moi. Envoyez une de vos vedettes là-bas si vous ne voulez pas qu'ils vous échappent.

— Alvirah, pour l'amour du ciel... »

« Eagle à toutes les unités. Elle doit maintenant se diriger vers l'est et prendre la sortie... »

« ... de Marginal Street », prononça Alvirah en même temps que lui.

MARGINAL Street ressemblait moins à une rue qu'à une longue route désolée et défoncée longeant des docks. Regan la suivit lentement, sans savoir jusqu'où elle devait aller.

Son portable sonna à nouveau. « Roulez jusqu'au Triborough Bridge et arrêtez-vous. » La communication fut coupée.

Crispé, C.B. téléphona à Petey. « Elle arrive dans trente secondes ! »

Petey poussa un cri de joie, puis se mit à parler si bas que sa voix parut sortir du fond de ses entrailles. « Prêt, camarade. » Il se félicita d'avoir su, surtout en cet instant particulièrement critique, déguiser sa voix.

Les yeux de Regan parcoururent les alentours, sans y trouver le moindre signe d'une présence humaine. Elle arriva sous le tablier du pont et s'arrêta. Au-dessus d'elle, des centaines de voitures allaient de l'une à l'autre des trois agglomérations, mais cet endroit semblait tellement désolé, déserté de toute activité, qu'il aurait pu appartenir à une autre planète.

Elle regarda de part et d'autre de la voiture, puis

dans le rétroviseur. La route était si déserte que l'apparition du moindre véhicule indiquerait aux ravisseurs qu'elle était suivie. *Ne vous approchez pas trop près, Jack*, pria-t-elle, *vous les feriez fuir. Je saurai me débrouiller seule.*

La sonnerie de son portable retentit.

« Je suis là, dit-elle.

— Sortez de la voiture. Portez le sac de marin jusqu'au quai et déposez-le sur le bord. Regagnez votre voiture. Reculez lentement. Lorsque nous serons en possession de l'argent, vous serez informée de l'endroit où se trouvent votre père et Rosita. Sinon... »

La communication fut interrompue.

Regan sortit de la voiture, en fit le tour, ouvrit la porte du passager. Jack lui avait dit que le sac de marin pesait une dizaine de kilos. Elle le souleva par la poignée, le prit dans ses bras et le porta jusqu'au quai. En se penchant pour le déposer à terre, elle remarqua un bateau amarré au quai à quelques mètres d'elle.

Un bateau, songea-t-elle accablée. C'est donc par bateau qu'ils vont emporter la rançon ! L'unité mobile de la brigade serait impuissante.

Le sac, au moins, était équipé d'un émetteur.

L'avion pourrait le suivre jusqu'à sa destination. Dieu fasse que ce soit l'endroit où ils détiennent papa et Rosita.

Désirant à tout prix relever un indice qui lui permettrait par la suite d'identifier le ravisseur, Regan jeta un regard furtif vers le bateau au moment où elle se redressait. Elle ne distingua qu'une chose : l'individu qui était à bord portait une combinaison de plongée.

Avant de pénétrer dans sa voiture, elle entendit une voix provenant du bateau :

« Merci beaucoup, Regan. »

« EAGLE Un à toutes les unités. Restez où vous êtes. Le transport de la rançon va probablement s'effectuer par bateau. »

Ils regardèrent la voiture de Regan parcourir quelques mètres le long des docks avant de s'arrêter.

« Elle a reçu l'ordre de sortir de la voiture et de

déposer l'argent sur le quai, les avertit le centre d'écoute.

— Mettez-moi en communication avec la patrouille fluviale », dit nerveusement Jack.

Alvirah écouta Jack donner hâtivement ses instructions au commandant. « Suivez le bateau dans lequel... pas de feux de route... ne les abordez pas... »

« Jack, Regan fait demi-tour. Elle a dû déposer la rançon. » Azzolino désignait la BMW, qui revenait lentement vers eux.

Jack bondit hors de sa voiture, ouvrant la portière de celle de Regan sans attendre qu'elle fût complètement arrêtée. « Ils ont un bateau », dit-il.

Ce n'était pas une question.

« J'ai eu l'impression qu'il n'y avait qu'un seul individu à bord. Il portait une combinaison de plongée. » Regan secoua la tête. « C'est incroyable. Ce cinglé m'a appelée par mon nom pour me remercier. C'était terrifiant. Il avait une voix de môme.

— En tout cas c'est un môme qui a lu les livres de votre mère », dit Jack d'un ton amer.

Il scruta l'eau. Une vedette de patrouille, tous feux éteints, descendait la rivière.

Ce type est sans doute à un mile d'ici, maintenant, en train d'abandonner le bateau, pensa Jack. Notre seul espoir reste l'émetteur dans le sac de marin.

J'aurais dû écouter Alvirah.

PETEY le Peintre n'avait jamais ressenti une telle excitation. Le sang battait à ses tempes, son cerveau était près d'éclater, ses oreilles bourdonnaient, ses mains tremblaient. Il n'avait jamais été aussi heureux de sa vie.

Il y avait un million de dollars à ses pieds ! Un million de dollars à partager avec C.B. pour mener la belle vie. Il aurait aimé qu'ils puissent partir sur-le-champ pour le Brésil, ce soir même. Il méritait de prendre des vacances. Copacabana, les jolies filles ! Il avait entendu dire que beaucoup se baladaient seins nus sur les plages. Waouh !

Ses doigts étaient glacés à l'intérieur de ses gants. Ils se réchaufferaient au contact de l'argent, quand il compterait les billets.

Le courant de la rivière portait vers le nord. Mais Petey accéléra l'allure et aperçut bientôt la jetée de la 111e Rue. Ainsi que la passerelle pour piétons qu'il utiliserait pour franchir le F.D.R. Drive.

C.B. l'attendrait dans la voiture. Il s'y engouffrerait avec le fric, et en route !

Il aborda la jetée et y amarra rapidement le bateau. Le plus difficile restait à faire. Il se mit debout, les pieds écartés, et se prépara à ramasser le sac et à le hisser sur le quai. Il se pencha et le prit entre ses bras. Aucune mère n'avait jamais tenu son nouveau-né avec plus de tendresse.

Il était temps de partir. A quelque chose malheur est bon, pensa Petey avec tristesse en contemplant son bateau pour la dernière fois. Les larmes aux yeux, il se pencha pour embrasser l'étrave. Au moment où ses lèvres touchaient la surface mouillée, une courte vague vint frapper l'embarcation. Petey bascula en avant.

SPLASH !

Alors qu'il faisait un plat retentissant dans l'eau, son précieux fardeau lui échappa des mains et fut brutalement projeté hors de sa portée. Les remous du courant de l'East River s'en emparèrent, l'entraînant vers le nord.

Petey se mit à nager furieusement, battant des bras et des jambes, cherchant désespérément à le récupérer, mais il comprit vite que ses efforts étaient vains. Le courant le tirait vers le fond. Il parvint tant bien que mal à regagner le bateau, qu'il n'avait plus envie d'embrasser, et s'agrippa au plat-bord dans un dernier sursaut.

Que faire ? Que faire ? pensa-t-il, l'esprit plongé dans la plus totale confusion.

Il n'avait qu'une solution, se dit-il, reprenant lentement son souffle. Se hisser sur le quai, franchir la passerelle, et retrouver C.B. Il s'en remettra. Après tout, ce n'est que de l'argent, et j'aurais pu me noyer.

Cinq minutes plus tard, trempé, Petey frappait à la vitre de la voiture de location à l'intérieur de laquelle l'attendait C.B.

« J'ai une bonne et une mauvaise nouvelle à t'annoncer », commença-t-il.

« Vous avez fait tout ce que vous pouviez », dit Alvirah à Regan pendant le trajet entre Marginal Street et l'hôpital. « Et vous dites que le type dans ce bateau vous a même poliment remerciée ? C'est bon signe.

— Je l'espère. Alvirah, je n'arrive pas à croire que ces gens se soient inspirés d'un livre de ma mère pour choisir l'endroit où je devais remettre la rançon. J'ai lu ce livre il y a si longtemps que j'ai tout oublié.

— Vous deviez être très jeune à l'époque où il est sorti. »

Regan soupira.

« Ma mère a écrit tant de livres ; même elle oublie les détails de scénarios vieux de vingt ans. J'essaye vainement de me rappeler la fin de celui-là. »

Alvirah la connaissait. La victime du kidnapping n'avait jamais été retrouvée.

Elles sortirent du F.D.R. Drive à la 71e Rue et garèrent la voiture sur la Première Avenue. En entrant dans l'hôpital, elles passèrent devant la boutique de cadeaux. Jetant un coup d'œil à l'intérieur, elles constatèrent que Lucy était de service. Elles échangèrent un regard. Lucy leur fit un signe de la main.

« Toujours au poste », leur cria-t-elle.

« C'est la vendeuse que vous avez interrogée à propos de l'ours en peluche, n'est-ce pas ? demanda Alvirah.

— Oui. »

Dans l'ascenseur qui les menait à l'étage où se trouvait la chambre de Nora, Alvirah nota mentalement d'aller voir Lucy avant de partir. Il arrive que l'on ignore soi-même ce que l'on sait, se dit-elle. Si je lui parle, je peux peut-être déclencher un souvenir dans la mémoire de cette fille. Cela vaut le coup d'essayer.

Regan ouvrit la porte de la chambre. Nora, sœur Cordelia et Willy avaient l'air accablé lorsqu'elles entrèrent.

« Que se passe-t-il ? » demanda Regan, soudain glacée. « A-t-on des nouvelles de papa ?

— Jack vient de téléphoner, dit Nora. Il n'a pas voulu occuper la ligne de ton portable. Il pense qu'il y a de fortes chances pour que tu reçoives un nouvel appel sous peu.

— Pour dire qu'ils ont retrouvé papa et Rosita ? demanda Regan, se doutant de la réponse.

— Non. » Nora s'interrompit un instant. « La patrouille de la police fluviale vient de repêcher dans l'East River le sac de marin avec le million de dollars.

— Oh, mon Dieu », s'exclama Regan d'une voix sourde.

Le visage de Nora était couleur de cendre.

« Selon Jack, il y a deux explications. Soit ils ont laissé tomber le sac par inadvertance — ce qui serait favorable —, soit pour une raison quelconque ils ont été pris de panique parce qu'ils soupçonnaient la présence d'un émetteur à l'intérieur du sac. » Sa voix prit un ton plus aigu : « Regan, si jamais nous avons une seconde chance de traiter avec ces gens, il n'y aura rien d'autre que l'argent dans le sac.

— Maman, si nous avons utilisé cet émetteur c'est uniquement dans l'espoir qu'ils transporteraient l'argent là où ils détiennent papa et Rosita. Tu le sais. »

Ils le savaient tous, mais Regan lut sur leur visage la même peur que celle qui l'habitait. Qu'il s'agisse d'un acte de maladresse ou d'un geste délibéré de leur part, cela signifiait que son père et Rosita étaient entre les mains de ravisseurs frustrés et furieux.

« Tu donnais un baiser d'adieu à ton bateau ? ! » hurla C.B. en remontant la Première Avenue. « Tu ne pouvais pas le faire pendant que tu attendais Regan Reilly, non ? Tu avais le temps de le couvrir de baisers !

— Veux-tu monter le chauffage ? implora Petey. J'ai attrapé la crève dans cette rivière. » Il éternua. « Tu vois ? »

C.B. donna un coup de poing dans le volant.

« Tu avais un million de dollars entre les mains et tu l'as laissé filer !

— Ça ne sert à rien de regretter ce qui est fait, dit Petey. J'aurais pu me noyer, tu sais. Est-ce que tu y as pensé ?

— Et toi, est-ce que tu as pensé que nous n'avons plus un sou, que nous avons deux otages sur les bras, et que...

— Nous aurions dû faire une petite provision d'argent pour leur nourriture. J'ai casqué six dollars pour...

— Une petite provision ! Tu viens de nous faire perdre un million de dollars ! »

C.B. avait mal à la gorge à force de crier.

« On va trouver un moyen de le récupérer, dit Petey plein d'optimisme.

— Et que proposes-tu ? » demanda C.B., dont la voix prenait une intonation dangereusement sourde.

« Bonne question.

— Tu crois peut-être que nous devrions appeler Regan Reilly et lui raconter que tu n'es qu'un pauvre crétin.

— Euh...

— Ou prendre l'avion pour le Brésil avec à peine de quoi se payer une semaine de vacances ?

— Euh...

— Ou relâcher Reilly et Rosita, puis aller boire une bière avec eux chez Elsie ?

— Euh...

— Alors, que suggères-tu ?

— J'ai du mal à réfléchir quand j'ai froid. »

Petey se retourna et prit un sac-poubelle sur la banquette arrière.

« Puisqu'on n'en a plus besoin, je vais m'en servir pour essayer de me réchauffer. »

Il se mit à le déchirer aux coutures.

« J'avais pensé à tout, gémit C.B. Je savais qu'ils réuniraient facilement un million de dollars. Je savais qu'ils préviendraient probablement les flics. Je savais qu'il y aurait presque sûrement un émetteur dissimulé dans le sac. J'ai lu pas mal de romans policiers, tu sais...

— C'est important de lire, approuva Petey.

—... j'aurais transféré l'argent du sac de marin dans ce sac-poubelle avec lequel je t'étranglerais volontiers. Et à l'heure qu'il est le sac de marin devrait se trouver au beau milieu de la 111e Rue au lieu de flotter dans l'East River. »

Petey se tortilla sur son siège, le sac-poubelle crissant pendant qu'il l'enfilait. « Attends un peu. Tu crois qu'ils ont appelé les flics ?

— Bien sûr. Ils appellent toujours les flics.

— C'est agaçant. Nous leur avions demandé de ne pas le faire, hein ? se plaignit Petey. Tu devrais le dire à Regan quand tu l'appelleras. »

C.B. le foudroya du regard, puis ses yeux se plissèrent. La meilleure défense est l'attaque, songea-t-il. Un plan commençait à germer dans son esprit.

PEU après vingt heures trente, Jack Reilly rejoignit Regan, Alvirah, Willy et Cordelia dans la chambre de Nora.

« J'ai appris que j'avais été d'une grande aide pour les ravisseurs de mon mari, dit Nora.

— Apparemment, acquiesça Jack. J'ai un peu plus d'informations, continua-t-il, mais pas autant que je l'aurais voulu. On a trouvé un bateau amarré au pied de la jetée à la hauteur de la 111e Rue. Nous sommes à peu près certains qu'il a été abandonné par les ravisseurs. Le labo va l'examiner. Nous pensons également que c'est l'endroit où le sac de la rançon est tombé à l'eau.

— Comment pouvez-vous le savoir ? demanda sœur Cordelia.

— C'est le point où les types qui suivaient le sac à la trace en avion l'ont vu changer de direction et se diriger vers le nord.

— Le bateau a-t-il une immatriculation quelconque ? demanda Regan.

— Aucune, répondit Reilly. Et le moteur a manifestement été refait, ce qui signifie qu'on a peu de chances d'en retrouver l'origine. Restent les empreintes. »

Il y eut un moment de silence. Chacun avait compris que l'initiative suivante viendrait des ravisseurs.

Sœur Cordelia pressa la main de Nora.

« Nous allons vous laisser vous reposer.

— Votre présence m'a réconfortée », dit Nora. Elle se tourna vers Willy. « Vous êtes même arrivé à me faire rire. »

Il lui sourit.

« Je vous raconterai mes meilleures histoires lorsque vous serez rétablie. »

Alvirah s'adressa à Regan :

« Tenez-moi au courant. Vous pouvez m'appeler à n'importe quelle heure. Je vais voir ce que je peux tirer de ces bandes. »

Jack lui avait confié une cassette contenant tous les appels des ravisseurs enregistrés par le centre d'écoute. « Ce n'est peut-être pas orthodoxe, mais après ce qui s'est passé aujourd'hui, je m'en fiche, avait-il dit. Alvirah, la prochaine fois que vous essaierez de me dire quelque chose, je vous jure de vous écouter. »

Le médecin entra au moment où Alvirah, Willy et Cordelia s'en allaient. La tension qui régnait dans la chambre ne lui avait pas échappé, mais il ne fit aucun commentaire.

« Comment se porte cette jambe ? demanda-t-il.

— Ce n'est pas fameux », admit Nora dont le regard trahissait la lassitude.

Elle accepta à regret de prendre un calmant.

Regan était certaine qu'une fois seule, sa mère s'endormirait rapidement. « Maman, je vais descendre dans le hall prendre un café. Je ne serai pas longue. Veux-tu que je te rapporte quelque chose ?

— Non, mais tu devrais manger un morceau. »

Jack sortit avec Regan. « Vous ne voyez pas d'inconvénient à ce que je me joigne à vous ? »

Une fois dans la cafétéria, il insista pour qu'elle commande un sandwich.

« Nous vous empêchons de profiter de vos vacances, dit Regan. Quand je pense que demain est la veille de Noël. Vous aviez certainement des projets.

— Ma famille sera encore sur place quand j'irai

les rejoindre. Mes parents vivent à Bedford, et le clan au complet doit s'y retrouver cette semaine. Nous sommes tellement nombreux qu'ils ne se rendront même pas compte que je ne suis pas parmi eux. »

Regan sourit.

« Etant enfant unique, mon absence ne passe jamais inaperçue. »

Jack se mit à rire.

« Même si vous faisiez partie d'une famille de dix enfants, elle ne passerait pas inaperçue. »

Voilà une remarque qui ravirait ma mère. Regan sourit. D'ailleurs elle ne me déplaît pas non plus.

Ils discutèrent des éventuelles réactions des ravisseurs.

« Ma plus grande crainte est qu'il ne se passe plus rien désormais, avoua Regan.

— Regan, n'oubliez pas que vous avez parlé à votre père et à Rosita il y a trois heures seulement, dit Jack.

— Ces quelques mots prononcés par mon père ne cessent de me trotter dans la tête. Il a fait allusion au livre qu'il me lisait toujours lorsque j'étais petite. Sur le coup, j'ai cru qu'il était simplement nostalgique, comme ma mère, hier soir, lorsqu'elle évoquait les premiers temps de leur mariage. » Elle secoua la tête. « Mais maintenant je n'en suis plus aussi sûre. J'ai l'impression qu'il essayait de me communiquer quelque chose de précis.

— Et quel était votre livre préféré ? demanda Jack.

— J'ai beau me creuser la cervelle, je ne m'en souviens pas. » Ses doigts tapotaient nerveusement sur la table. « Mon père a peut-être fait cette remarque parce que ma mère et Imus ont parlé de livres d'enfants ce matin.

— C'est le plus vraisemblable. Mais vous savez comme moi que les victimes d'enlèvements essayent souvent de faire passer un message s'ils en ont l'occasion. »

« Tiens, encore vous deux ! »

L'interpellation venait du fond de la salle. Ils levèrent les yeux et aperçurent Lucy, la vendeuse de la boutique de cadeaux, qui se précipitait vers eux.

« Vous êtes inséparables, on dirait. » Elle jeta un regard autour d'elle. « Je fais toujours un tour par ici avant de rentrer chez moi. Comme d'habitude, pas de sosie de George Clooney en vue. » Elle haussa les épaules. « Qu'est-ce que vous comptez faire ? Dites donc, votre mère doit tenir mordicus à ses remerciements. Une de ses amies vient de passer à la boutique, posant un tas de questions sur le type qui a acheté l'ours en peluche. »

Regan et Jack échangèrent un coup d'œil.

« Alvirah », dirent-ils en même temps.

WILLY et Cordelia attendaient Alvirah dans le hall de l'hôpital quand elle sortit de la boutique de cadeaux.

« Enfin, j'ai quand même découvert quelque chose, leur rapporta-t-elle.

— Qu'as-tu appris, mon chou ? interrogea Willy.

— L'homme qui a fait porter cet ours avec la photo de Luke Reilly avait un sac de chez Long.

— Tu le savais déjà.

— Oui, mais Lucy — c'est le nom de la vendeuse — s'est rappelé autre chose. Il y avait une veste ou un pull rouge, ou un vêtement de cette couleur, dans le sac.

— Et alors ? demanda Cordelia.

— Oh, je sais que ce n'est pas lourd, mais c'est toujours quelque chose, dit Alvirah avec un soupir. Cela peut réveiller la mémoire de la vendeuse de Long quand j'irai lui parler demain. »

Cordelia rentrait chez elle.

Alvirah et Willy la mirent dans un taxi, puis en hélèrent un autre pour eux. « 211 Central Park South », dit Willy.

Malgré l'heure tardive et la température en baisse, les rues étaient bondées. Lorsque le taxi arriva à la hauteur de l'hôtel Plaza, Alvirah remarqua avec un brin de tristesse : « C'est toujours si joyeux par ici à cette époque de l'année. » Elle secoua la tête au souvenir du chagrin qui assombrissait le regard de Nora.

Une fois qu'ils furent arrivés chez eux, elle enfila sa confortable robe de chambre, prépara du thé et s'installa à la table de la salle à manger. Je finis la journée comme je l'ai commencée, pensa-t-elle en mettant en marche son magnétophone.

Elle écouta toutes les cassettes, l'une après l'autre, dans l'ordre où elles avaient été enregistrées. D'abord, le premier appel des ravisseurs, puis la conversation avec Fred Torres dans l'appartement de Rosita. Elle écouta cette bande à deux reprises, s'arrêtant chaque fois au même endroit. « C'est sans doute sans importance, mais c'est peut-être intéressant de lui poser la question », dit-elle à voix haute en griffonnant une phrase sur son bloc-notes.

Willy la rejoignit alors qu'elle passait la bande sur laquelle le ravisseur donnait ses instructions à Regan.

« Quelle impression te fait cet homme ? demanda Alvirah.

— Il déguise sa voix. Il sait qu'il doit interrompre la communication rapidement avant d'être repéré. Il a organisé cette remise de rançon dans le moindre détail.

— Il a été assez malin pour se servir du scénario imaginé par Nora, et il a failli réussir. Maintenant écoute ça. »

Elle passa la cassette de l'appel téléphonique au cours duquel Luke et Rosita avaient parlé à Regan, au moment où elle pénétrait dans Central Park.

« Est-ce que tu entends quelque chose ? demanda-t-elle à Willy.

— Le son n'est pas aussi clair que dans les autres enregistrements.

— En effet. La réception est moins bonne. Sans doute à cause de l'endroit où ils sont enfermés. Tu sais, il y a parfois beaucoup d'interférences. » Alvirah repassa la bande.

« Y a-t-il quelque chose qui te frappe dans ce que dit Luke Reilly ?

— Le malheureux évoque visiblement ses souvenirs. C'est ce que je faisais moi aussi quand j'ai été enlevé. Et...

— Et quoi ?

— On dirait qu'il insiste sur le mot *voir*. Comme s'il voulait lui faire comprendre quelque chose.

— C'est exactement mon impression. »

Willy jeta un coup d'œil sur le bloc-notes d'Alvirah.

« Qu'est-ce que tu as écrit ? »

Il désignait la phrase qu'elle y avait inscrite.

« C'est quelque chose dont je veux m'entretenir avec Fred Torres demain.

Rosita lui a dit que Luke Reilly gardait toujours son sang-froid. Je veux savoir si elle parlait d'une situation particulière ou d'une attitude générale de sa part. » Elle consulta sa montre. « Il est onze heures du soir et toujours rien de Regan. Ce qui signifie qu'elle n'a eu aucune nouvelle des ravisseurs.

— Peut-être sont-ils en train de concocter leur prochain plan, suggéra Willy.

— Alors ils feraient bien de réfléchir vite. Car plus longtemps durera la disparition de Luke, plus grandes sont les chances que s'ébruite la nouvelle de son enlèvement. Si elle est publiée par les médias, Dieu seul sait ce qui peut arriver. »

C.B. ne chercha pas à cacher la situation à Luke et à Rosita. Dès son retour avec Petey dans le house-boat, il expliqua exactement ce qui s'était passé.

« On n'invente pas un truc pareil », dit Rosita, jetant un regard noir à Petey au moment où il allait dans la cabine ôter sa combinaison.

« Vous avez réellement utilisé le scénario d'un roman de ma femme pour la remise de la rançon ? demanda Luke incrédule.

— Et ça a failli marcher, cria Petey depuis la cabine. Est-ce qu'elle a d'autres histoires d'enlèvement dont on pourrait s'inspirer ? » Il passa la tête par la porte. « Il faut se dépêcher. Pas question de manquer notre vol de demain soir. Les avions sont surbookés.

— J'ai lu tous ses romans, dit C.B. Il n'y a pas d'autres enlèvements. »

Oh si ! pensa Luke. Il y en avait un qu'il s'était rappelé deux semaines plus tôt, un jour où il avait à faire dans Queens et s'était trompé de direction en sortant du Queens Midtown Tunnel. Il s'était trouvé sur la même route que celle utilisée pour une remise de rançon dans une des premières nouvelles de Nora. Il s'en souvenait parce que, à l'époque, elle était enceinte de Regan et clouée au lit. Elle lui avait demandé d'aller vérifier l'itinéraire qu'elle voulait faire suivre aux ravisseurs.

« Quelles sont vos intentions maintenant ? demanda-t-il à C.B.

— Je vais appeler votre fille et lui dire qu'elle ferait bien de trouver un autre million de dollars. A moins, naturellement, que les flics aient déjà récupéré notre argent dans l'East River. »

Sa voix a un accent désespéré, nota Luke. Ils

doivent quitter le pays demain soir, et ils ne peuvent pas partir sans l'argent.

« Lorsque vous me la passerez au téléphone, je lui dirai qu'elle fasse le nécessaire pour rassembler à nouveau cette somme.

— Vous avez intérêt, en effet. Mais d'abord, je dois réfléchir à l'endroit où elle le déposera. »

Cela vaut la peine d'essayer, se dit Luke. A l'heure actuelle, Nora savait certainement qu'ils s'étaient inspirés d'un de ses romans pour la remise de rançon. Se rappellerait-elle cette nouvelle et avertirait-elle la police ?

C'était une idée folle. Elle avait une chance sur un million, voire aucune, d'aboutir. Mais de même qu'il avait essayé précédemment de faire comprendre à Regan qu'ils se trouvaient à proximité du George Washington Bridge et du phare, il devait tenter l'impossible pour les faire sortir, Rosita et lui, de ce guêpier.

« Ecoutez, C.B., commença-t-il d'un ton amical, il y a deux semaines j'ai dû aller chercher le corps d'une vieille dame décédée dans une petite maison de retraite de Queens. Après avoir franchi le Midtown Tunnel et être sorti sur Borden Avenue du côté de Queens, je me suis perdu. J'ai longé quelques pâtés de maisons et me suis retrouvé dans une zone complètement déserte sous l'Expressway de Long Island. Si j'avais l'intention d'organiser un kidnapping, je pense que je choisirais cet endroit pour une remise de rançon. Allez vérifier par vous-même, vous comprendrez ce que je veux dire. »

Les yeux de C.B. se réduisirent à deux fentes. « Pourquoi vous montrez-vous aussi coopératif ?

— Parce que j'ai envie de sortir d'ici. Plus tôt vous aurez l'argent, plus tôt vous les appellerez pour leur dire où nous sommes, non ?

— Je me sens mieux », annonça Petey, émergeant de la cabine en survêtement. « Rien de tel que des vêtements secs. »

Il sortit un Coca-Cola du petit réfrigérateur.

« J'ai entendu ce que vous disiez, monsieur Reilly. Vous savez vraiment faire fonctionner votre ciboulot. Je connais bien le trou perdu dont vous parlez. Je m'y suis paumé une fois, moi aussi, en allant chez un client. Mais j'y allais pas pour chercher un macchabée. » Il se tourna vers C.B. « C'est l'idéal. Nous serions près de l'aéroport. Ils sont furieux quand on se présente pas à l'enregistrement au moins deux heures avant le décollage. Quelquefois ils disposent de ton siège. C'est arrivé à mon cousin...

— Petey ! hurla C.B. La ferme ! »

« Fichez-lui la paix, dit Rosita. J'adorerais entendre la suite de l'histoire. »

Il était visible que C.B. ruminait la suggestion de Luke. Il fouilla dans sa poche et en sortit une feuille de papier pliée en quatre. Elle était couverte des instructions détaillées qu'il avait communiquées précédemment à Regan. Il retourna le papier.

« D'accord, monsieur Reilly, allez-y. Donnez-moi les indications. Je vais faire un tour par là-bas avec Petey, et nous verrons si vous êtes aussi astucieux que votre femme.

— On va ressortir dans ce froid ? » protesta Petey.

Luke leur expliqua l'itinéraire à suivre, puis ajouta :

« Avant de partir, vous feriez bien d'appeler ma fille pour qu'elle prenne des dispositions concernant l'argent. Et ne la brusquez pas. Elle doit être folle d'inquiétude.

— Qu'elle s'inquiète ! »

Trois jours avant Noël

Il était presque minuit lorsqu'ils réapparurent. Rosita avait somnolé, mais Luke était parfaitement réveillé. Il avait repassé en esprit les quelques mots qu'il dirait brièvement à Regan lors du prochain appel.

C.B. alluma le plafonnier ; Rosita ouvrit les yeux et se redressa.

« Alors ? demanda Luke.

— Pas mal, fit C.B. Ça pourrait faire l'affaire.

— A vous fiche la chair de poule ! s'exclama Petey. J'ai dit à C.B. de verrouiller les portières de la voiture.

— Je pense que votre fille doit être morte d'inquiétude à l'heure qu'il est, dit C.B. Croyez-vous qu'il soit trop tard pour l'appeler ?

— J'en doute », répondit Luke.

Trois jours avant Noël

REGAN était assise auprès de sa mère endormie lorsque le téléphone sonna. Faites que ce soient eux, pria-t-elle, le cœur battant. Elle souleva le récepteur.

« Allô ?

— Avez-vous récupéré l'argent ? »

Regan se raidit.

« Que voulez-vous dire ?

— Je veux dire que nous avons compris qu'il y avait un émetteur dans le sac, répondit C.B. d'un ton sec. Ne recommencez pas ce genre de plaisanterie. Si vous n'avez pas récupéré l'argent, tenez un autre million à notre disposition ou vous le regretterez. Je vous rappellerai demain après-midi, à seize heures. Je vous passe votre papa.

— Regan, au point où nous en sommes, je *vois rouge*. Fais ce qu'il te dit et sors-nous d'ici. »

La ligne fut coupée.

Samedi 24 décembre

FRED avait eu des nouvelles de Regan peu après minuit. Elle lui avait fait part de l'appel des ravisseurs, ajoutant qu'ils l'avaient avertie de ne pas équiper d'un émetteur la prochaine rançon. Elle n'avait pas parlé à Rosita, ajouta-t-elle, mais son père avait dit : « Sors-nous d'ici. »

Après cet appel, Fred s'était tourné et retourné sur le canapé. Si la prochaine remise de rançon échoue, ils abandonneront, pensa-t-il. Et ne laisseront pas de témoins.

A trois heures du matin, emportant couverture et oreiller, il était allé s'étendre sur le lit de Rosita. Peu après, il fut rejoint par les deux petits garçons apeurés qui se pelotonnèrent contre lui et s'endormirent à leur tour.

« Maman est malade, hein ? demanda craintivement Bobby en se réveillant le lendemain matin.

— Peut-être qu'elle est tombée malade comme grand-mère, et qu'elle est partie à Puerto Rico sans nous, hasarda Chris.

— Ecoutez, tout ce que souhaite votre maman c'est de rentrer à la maison et d'être avec vous deux, les rassura Fred. Mais Mme Reilly a vraiment besoin d'elle en ce moment.

— Elle ne va pas rester avec Mme Reilly demain, dis ? » demanda Bobby.

Demain, pensa Fred, le jour de Noël ! Que pourrait-il leur raconter si elle n'était pas de retour ? Et qu'allait-il dire à la mère de Rosita si elle téléphonait pour leur souhaiter un joyeux Noël, ce qu'elle ferait vraisemblablement ?

Pour passer le temps il emmena les enfants prendre leur petit déjeuner dehors, mais ils refusèrent d'aller s'amuser au parc d'attractions, comme il le leur proposait à nouveau.

« C'est mieux d'être à la maison au cas où maman rentrerait », déclara gravement Chris.

ERNEST Bumbles se réveilla la veille de Noël d'une humeur inhabituellement maussade. Il n'était toujours pas parvenu à rencontrer Luke Reilly, bien qu'il se soit arrêté au funérarium à deux reprises la veille — une première fois l'après-midi et une seconde dans la soirée.

« Un cadeau tardif est un cadeau raté », avait-il dit à Dolly en faisant sa valise pour leur visite annuelle à sa belle-mère.

Dolly connaissait la nature passionnée d'Ernest. Lorsqu'il ressentait quelque chose, il l'éprouvait de tout son être. Lorsqu'il voulait quelque chose, aucun obstacle ne l'arrêtait. C'est pourquoi, année après année, il avait été réélu à l'unanimité à la présidence de l'association Fleurs et Bourgeons. Mais c'était aussi un homme attentionné. Il n'avait jamais laissé une plante dépérir.

« Bumby, proposa-t-elle gentiment, en partant cet après-midi, pourquoi ne pas nous arrêter à la résidence de M. Reilly et sonner à sa porte ?

— Je ne veux pas faire figure de casse-pieds.

— Oh, arrête. Tu n'es jamais casse-pieds. »

Nora s'était réveillée pour entendre Regan parler au ravisseur de Luke. Une fois leur brève conversation interrompue, Regan lui rapporta, mot pour mot, ce qui avait été dit.

Le téléphone sur la table de chevet sonna presque immédiatement.

« Ils ne peuvent pas savoir qu'il y avait un émetteur dans le sac, dit Jack Reilly d'un ton ferme. Ils bluffent. Je ne serais pas surpris que le type qui était à bord du bateau l'ait laissé tomber dans l'eau accidentellement.

— Cela ne me surprendrait pas non plus, dit Regan. Mais cette fois, ma mère refuse absolument que l'on mette un émetteur dans le sac.

— Je comprends, dit Jack. Regan, le fait que vous ayez pu parler à votre père une seconde fois est un signe positif. Il faut que votre mère le sache. Il vous a dit : "Je vois rouge." Est-ce une expression habituelle de sa part lorsqu'il est en colère ?

— C'est la première fois que j'entends ces mots dans sa bouche, dit Regan. Et ma mère aussi.

— Par conséquent, il cherche certainement à vous communiquer quelque chose. Réfléchissez-y avec votre mère, voyez si vous trouvez un rapprochement quelconque. »

Regan et Jack convinrent de se rappeler le lendemain matin, puis Regan téléphona à Alvirah et à Fred.

Nora et elle passèrent donc une seconde nuit presque blanche, tentant désespérément de trouver un sens aux propos de Luke, de se souvenir du livre que préférait Regan quand elle était enfant.

Nora dit : « Regan, lorsque ton père rentrait du bureau, tu courais toujours vers lui avec un livre à la main. Je ne me rappelle plus celui que tu préférais. Un conte de fées peut-être ? *Cendrillon*, ou *Blanche-Neige*, *Le Petit Poucet* ?

— Non, dit Regan, ce n'était aucun de ceux-là. »

Lorsque vint l'aube, toutes les deux finirent par s'endormir d'un sommeil troublé.

L'une comme l'autre, elles furent incapables d'avaler leur petit déjeuner. A huit heures, Nora alla passer une radio. A son retour, une heure plus tard, Regan descendit à la cafétéria d'où elle rapporta deux gobelets de café.

« Regan, pendant que j'attendais qu'on me

radiographie, une pensée m'est venue à l'esprit », dit Nora après avoir bu une première gorgée.

Regan attendit.

« Que le scénario d'un de mes premiers livres ait été utilisé pour organiser la remise de la rançon me paraît plausible. La carte qui accompagnait la photo de ton père était signée : “Votre fan numéro 1.” Si cet individu est le ravisseur, il se peut qu'il connaisse toutes mes œuvres.

— C'est possible, en effet, admit Regan. Auquel cas nous aurions affaire à un obsédé. Mais que veux-tu dire exactement ?

— Alors que j'étais allongée sur la table de la radio, je me suis souvenue que j'avais écrit une autre histoire d'enlèvement, il y a longtemps.

— Vraiment ? Je ne l'ai jamais lue.

— Je l'ai écrite alors que j'étais enceinte de toi, se remémora Nora. C'était une nouvelle, pas un roman, mais elle relatait en détail une remise de rançon dans Queens. » Elle se mordit la lèvre. « Mon médecin m'avait forcée à garder le lit pendant que j'y travaillais, et je me souviens que ton père m'avait suggéré un endroit particulier pour la remise. Il s'était rendu sur place, avait pris des photos et dessiné un plan, allant jusqu'à marquer le meilleur emplacement pour déposer une valise remplie de billets. J'ai été payée cent dollars pour cette nouvelle, et lorsqu'elle a été publiée, ton père m'a dit en riant que je lui en devais la moitié. »

Regan sourit.

« Ça ne m'étonne pas de lui. »

Malgré l'angoisse qui lui serrait soudain le cœur à la pensée de son père, elle sentit un fol espoir la gagner. « Maman, supposons que tu aies raison et que le ravisseur soit un obsessionnel qui met en scène tes scénarios. Il est parfaitement possible qu'il ait mis la main sur cette nouvelle et qu'il s'en serve pour récupérer l'argent demain. Si nous connaissions à l'avance les indications qu'il va me donner, la police pourrait se poster en différents points de la route sans être vue. A quel endroit se situait la remise de cette rançon dans Queens ?

— Oh, Regan, il y a si longtemps que j'ai écrit cette histoire et, comme je te l'ai dit, c'est ton père qui avait fait le repérage à ma place. Je me souviens seulement que c'était dans les parages du Midtown Tunnel.

— Tu as certainement un exemplaire de la nouvelle en question.

— Elle est quelque part à la maison dans le grenier.

— Et le magazine qui l'a publiée ?

— Il y a longtemps qu'il a disparu de la circulation. »

Il y eut un coup frappé à la porte et le médecin entra en coup de vent dans la chambre, une série de clichés sous le bras, arborant le sourire d'un homme qui s'apprête à partir en vacances.

« Bonjour mesdames, dit-il gaiement. Comment va ma patiente préférée ?

— Plutôt bien, fit Nora.

— Assez pour rentrer à la maison ? »

Nora le regarda d'un air étonné.

« Je croyais que vous teniez à me garder hospitalisée au moins trois jours.

— Vous aviez une vilaine fracture, mais l'œdème se résorbe normalement et les radios sont bonnes. Vous devez avoir hâte de partir d'ici. Faites seulement attention de conserver votre jambe en élévation. »

Il se tourna vers Regan.

« L'an prochain, vous pourrez peut-être passer tous les trois Noël à Hawaï.

— Je l'espère », dit Regan.

Plus que vous ne l'imaginez, pensa-t-elle.

Quand il eut quitté la pièce, Nora et Regan se regardèrent.

« Regan, dit Nora, va en vitesse chercher la voiture. Je m'occupe des formalités de sortie. Il y a des piles et des piles de cartons dans le grenier. »

A NEUF heures moins cinq, Alvirah se trouvait au premier rang du cortège des acheteurs de dernière minute qui attendaient l'ouverture des portes du magasin Long. Contrairement aux autres, elle n'avait aucune liste de cadeaux à acheter, qui pour la plupart seraient probablement rendus ou échangés quarante-huit heures plus tard.

A neuf heures une, elle descendait l'escalier roulant en direction du sous-sol. Malgré sa hâte, il y avait déjà foule devant le comptoir où les articles de Noël étaient maintenant bradés pour presque rien. Ces gens ont dû dormir sur place, pensa-t-elle, impatiente d'attirer l'attention de l'unique vendeuse.

La cliente qui la précédait, une septuagénaire menue couronnée de cheveux blancs, rayait consciencieusement les noms portés sur une liste au fur et à mesure qu'elle tendait à la vendeuse les cadres qu'elle venait de choisir. « Voyons. Un pour Aggie et Margie et Kitty et May. Faut-il que j'en prenne un pour Lillian ?... Non, elle ne m'a rien offert l'année dernière. » Elle souleva l'un des cadres portant l'inscription *Sonne donc, joyeux carillon.* « Quelle horreur ! décréta-t-elle. Ce sera tout. »

« Etes-vous Darlene Krinsky ? demanda Alvirah à la vendeuse quand elle parvint enfin à attirer son attention.

— Oui. »

La voix était méfiante.

Alvirah savait qu'elle devait faire vite. Elle sortit de la pile le cadre qu'elle avait repéré la veille.

« Mon amie est à l'hôpital », dit-elle dans l'espoir d'attirer la sympathie de la jeune femme. « Jeudi soir, quelqu'un a déposé pour elle un cadre semblable à celui-ci, sans laisser son nom. Nous pensons qu'il l'a acheté ici avant de se rendre à l'hôpital parce qu'il portait un sac de chez Long. Il y avait des vêtements rouges à l'intérieur. C'est un homme de taille moyenne, avec des cheveux bruns clairsemés, d'environ cinquante ans. »

Darlene Krinsky secoua la tête.

« Je voudrais pouvoir vous être utile. » Des yeux elle indiqua un groupe d'adolescents impatients de se faire servir. « Les gens sont hystériques aujourd'hui.

— Il avait un vieux portefeuille et il est probable qu'il a fait soigneusement l'appoint, insista Alvirah.

— Je suis désolée, j'aimerais beaucoup vous aider, mais... » Elle n'acheva pas sa phrase. « J'espère que votre amie va se rétablir. »

Elle prit une boîte à musique en forme de Père Noël que lui tendait un des adolescents.

C'est sans espoir, se dit Alvirah avec un sentiment d'accablement en s'éloignant du comptoir.

« Attendez », fit la vendeuse comme si elle se parlait à elle-même, tout en commençant à remonter le mécanisme de la boîte à musique.

Alvirah arrivait au pied de l'escalier mécanique quand elle sentit quelqu'un lui frapper doucement l'épaule. « La vendeuse du comptoir là-bas vous appelle », lui disait un jeune homme.

Alvirah rebroussa chemin précipitamment.

« Vous dites qu'il avait un sac contenant des vêtements rouges ? Je crois savoir de qui il s'agit. Un des Pères Noël du magasin est descendu ici l'autre soir. Je suis sûre qu'il a acheté ce cadre. Il a essayé d'avoir le rabais consenti au personnel. »

C'est lui, se dit Alvirah.

« Savez-vous son nom ?

— Non, mais il est peut-être encore en haut en ce moment. Le rayon des jouets est au troisième étage. »

« VOUS parlez sans doute d'Alvin Chance », dit le chef de rayon des jouets, un homme au visage en lame de couteau, proche de la soixantaine. « Il était ici jeudi soir, et il emportait certainement son costume avec lui afin de le faire repasser. Nous tenons à ce que nos Pères Noël donnent le bon exemple aux enfants.

— Doit-il revenir bientôt ?

— Il ne travaille plus chez nous.

— Il ne travaille plus chez vous ? s'exclama Alvirah, consternée.

— Non. Il a rendu son costume hier. Lorsque nous l'avons engagé, il nous a clairement signifié qu'il ne pourrait pas être présent la veille de Noël.

— Etait-il là hier soir ?

— Non. Il est parti à seize heures.

— Auriez-vous son adresse et son numéro de téléphone ? »

Le chef de rayon la regarda d'un air sévère.

« Madame, nous respectons scrupuleusement la vie privée de nos employés. Il s'agit là d'informations strictement confidentielles. »

Jack Reilly ne mettra pas longtemps à les obtenir, pensa Alvirah, et elle remercia l'homme avant de se précipiter vers un téléphone. En tout cas, c'est à lui de prendre les choses en main désormais. Si Alvin Chance est impliqué dans cet enlèvement, Jack le saura vite.

Trois jours avant Noël

ALVIN Chance et sa mère tendirent leurs tickets à l'ouvreuse du Radio City Music Hall. Depuis qu'il était enfant, c'était une tradition pour eux d'assister au grand spectacle de la veille de Noël, et de s'offrir ensuite un bon déjeuner. Dans le passé ils allaient chez Schrafft's, et il fallait reconnaître que les choses n'étaient plus les mêmes depuis que ce vénérable restaurant, dont la spécialité était le poulet à la crème, avait fermé ses portes.

Après le déjeuner, si le temps le permettait, ils allaient admirer les vitrines de la Cinquième Avenue.

Aujourd'hui, ils avaient apprécié le spectacle, s'étaient attardés à table, et avaient demandé à un vigile de prendre leur photo annuelle devant l'arbre de Noël du Rockefeller Center. Le tout en ignorant que la moitié de la police de New York était à leur recherche.

Trois jours avant Noël

Il n'était pas tout à fait onze heures trente lorsque Regan, avec Nora à moitié étendue sur la banquette arrière de la voiture, s'arrêta dans l'allée de leur résidence de Summit, dans le New Jersey. Alvirah et Willy les suivaient dans une autre voiture.

Alvirah avait téléphoné à Regan après avoir appelé Jack Reilly. Elle l'avait mise au courant des informations concernant Alvin Chance.

« Jack vous préviendra dès qu'ils l'auront trouvé », avait-elle promis. Puis, apprenant l'existence de la nouvelle écrite par Nora, elle avait tenu à participer à la recherche dans les cartons du grenier.

Appuyée sur ses béquilles, soutenue par Willy d'un côté et Regan de l'autre, Nora s'avança prudemment le long du chemin pavé qui conduisait à la maison.

« Lorsque je suis partie d'ici mercredi soir, je n'imaginais pas y revenir de cette façon. Et sans Luke », ajouta-t-elle tristement.

La maison paraissait sombre et morne, et Regan

alluma rapidement la lumière dans toutes les pièces.

« Maman, où préfères-tu t'installer ? »

Nora fit un geste en direction du salon familial. « Oh, là-bas. »

Alvirah leur emboîta le pas, enregistrant l'agencement de la pièce. La vaste cuisine s'ouvrait sur le salon accueillant avec son haut plafond, ses divans confortables, ses larges baies vitrées et sa vaste cheminée.

« C'est ravissant », fit-elle d'un ton admiratif.

Nora clopina jusqu'au fauteuil à oreillettes. Regan prit ses béquilles et, une fois sa mère confortablement assise, elle l'aida à poser sa jambe plâtrée sur le pouf placé en bout de pied.

« Ouf », soupira Nora en se laissant aller en arrière. « Il va me falloir du temps pour m'y habituer. »

Les gouttelettes de sueur qui perlaient sur son front témoignaient de l'effort qui lui avait été nécessaire pour parcourir le court trajet depuis la voiture.

Quelques minutes plus tard, Willy et Regan avaient descendu du grenier une demi-douzaine de cartons et ils s'attelèrent à rechercher le manuscrit de la nouvelle ou un exemplaire du magazine qui l'avait publiée. Nora se souvenait qu'elle avait pour titre : *Les Bornes du paradis.*

« Je pensais avoir conservé toute ma documentation, tous les brouillons, tous les manuscrits, même les lettres de refus des éditeurs à mes débuts », dit Nora. « Mais où est-elle donc ? »

Pendant qu'ils fouillaient minutieusement parmi les piles de papiers, Alvirah leur raconta comment elle était remontée jusqu'à Alvin Chance. « J'ai du mal à croire qu'un homme qui joue le rôle du Père Noël dans un grand magasin puisse être impliqué dans une histoire pareille », dit Nora.

Ils gardèrent ensuite le silence. Une demi-heure plus tard, Willy et Regan grimpèrent à nouveau au grenier d'où ils rapportèrent d'autres cartons. Mais leurs efforts restèrent vains. A quinze heures, Nora dit d'un ton abattu : « Je dois m'y résigner. Si un exemplaire de cette nouvelle existe encore, il n'est pas dans cette maison. » Puis elle se tourna vers Regan. « Tu devrais téléphoner chez Rosita et demander comment vont les enfants. Je m'inquiète à leur sujet. »

Au ton de Fred, Regan comprit tout de suite qu'il avait du mal à maîtriser la situation.

« Ils craignent que leur mère ne soit malade, expliqua-t-il. Tout ce que je peux faire pour l'instant, c'est essayer de les distraire. J'ai même ouvert le paquet de livres que votre mère leur a envoyé pour Noël et je leur ai fait la lecture. Ils ont paru y prendre plaisir. »

« Je suis contente qu'ils aient aimé ces livres », dit Nora lorsque Regan lui eut rapporté les propos de Fred. « J'ai demandé à Charlotte, qui est responsable du département jeunesse à la librairie, de les choisir et de les envoyer de ma part. A propos, elle a également sélectionné quelques cassettes des derniers films pour enfants. J'avais l'intention de les donner à Mona. » D'un geste de la main elle indiqua la maison voisine. « Elle attend la visite de ses petits-enfants la semaine prochaine. »

Elle se tourna vers Regan.

« Pourquoi ne les apporterais-tu pas à Chris et à Bobby ? Ainsi, si tu as la chance de parler à Rosita tout à l'heure, tu pourras lui dire que tu as vu ses fils. »

Regan consulta sa montre. Elle s'attendait à recevoir le prochain appel à seize heures. Il ne fallait pas plus d'un quart d'heure pour aller chez Rosita. Elle avait le temps. Nora voulait être près d'elle lorsque les ravisseurs téléphoneraient. Savoir son mari à l'autre bout de la ligne apportait une note d'espoir dans cette situation de cauchemar.

ALVIN Chance et sa mère n'auraient pu passer une journée plus réussie. Du moins jusqu'au moment où ils rentrèrent chez eux pour trouver deux inspecteurs de police devant leur porte.

« Pouvons-nous vous parler ? demandèrent-ils.

— Bien sûr, messieurs, entrez donc. »

En plus de la sérénité que lui donnait la certitude d'avoir mené une existence sans reproche, Alvin était tout excité à la pensée que des policiers en chair et en os étaient venus lui parler. Peut-être un incident était-il survenu chez Long, et ils avaient besoin de son aide.

Sa mère était loin de partager son enthousiasme. Lorsque les policiers demandèrent l'autorisation de fouiller l'appartement, elle maudit silencieusement Alvin d'avoir accepté.

Trois jours avant Noël

Sal Bonaventure, l'inspecteur qui entra dans la chambre d'Alvin, émit un sifflement à la vue de la quantité de littérature policière qui s'empilait du sol au plafond. Des amoncellements de manuscrits encombraient les rayonnages au-dessus de la longue table qui servait de bureau. Outre un ordinateur et une imprimante, s'y entassaient des douzaines de livres et de magazines, à première vue très anciens. A côté de l'ordinateur étaient éparpillés plusieurs romans de Nora Reilly, la plupart ouverts. Bonaventure constata que les pages étaient noircies d'annotations.

Sal et son collègue avaient contacté Jack Reilly dès qu'Alvin et sa mère étaient entrés dans le hall de l'immeuble. Jack leur avait recommandé de ne pas les interroger avant son arrivée.

Et si le Père Noël était le personnage clé de toute cette affaire ? pensa Sal avec optimisme.

Trois jours avant Noël

La tempête de neige prévue pour le début de la journée finit par éclater — avec violence — au moment où Regan garait sa voiture devant l'immeuble de Rosita. Fred Torres surveillait son arrivée. « J'ai annoncé à Chris et à Bobby que vous leur apportiez des films formidables », dit-il joyeusement en lui ouvrant la porte.

Les garçons étaient assis par terre, une douzaine de billes éparses entre eux. Ils regardèrent Regan avec méfiance. « Quand est-ce que ta maman ira mieux pour que la nôtre puisse rentrer à la maison ? » demanda Chris.

Il s'efforce d'être poli, le pauvre chou, pensa Regan, mais il veut une réponse. « Bientôt », dit-elle en leur tendant le paquet de cassettes enveloppé d'un papier coloré. « Voilà pour vous deux. »

Sa voix s'était soudain altérée et elle ne vit pas les deux enfants s'emparer de leur cadeau. Elle regardait fixement la couverture d'un des albums posés sur la table basse. Le titre, *Le petit phare rouge et le grand pont gris*, avait retenu son attention et réveillé un flot de souvenirs.

Trois jours avant Noël

« *Papa, lis-moi encore celui-là, juste une fois, s'il te plaît.* »

La couverture était ornée d'un pimpant petit phare rouge. Elle ouvrit l'album. L'illustration du frontispice représentait clairement le George Washington Bridge, avec le petit phare niché en dessous.

« *Ton livre préféré... je vois rouge...* »

Voilà ce que papa essayait de me faire comprendre. De l'endroit où il se trouve, il peut voir le phare.

« Regan, qu'avez-vous ? » demanda Fred d'un ton pressant.

Regan secoua la tête.

« J'espère que les films vous plairont, les enfants. A bientôt. »

Elle se tourna vers Fred.

« Je vous raccompagne à la porte », dit-il.

La tension qui habitait C.B. avait atteint un niveau explosif. Luke et Rosita le regardaient s'assombrir à mesure qu'approchait l'heure de passer son coup de fil. Il sait que c'est maintenant ou jamais, réfléchit Luke. Il sait que s'ils n'obtiennent pas l'argent ce soir, ils n'en verront jamais la couleur. Le vent forcissait au-dehors. Le bateau cognait de plus en plus violemment contre la jetée. Si la tempête ne s'apaise pas, songea-t-il, qui sait quand leur vol décollera, si tant est qu'il décolle ?

« Hé, C.B., dit Petey. Il faut que j'aille chez moi en vitesse. J'ai oublié mon passeport. »

Tu mens mon bonhomme, pensa Luke. Je t'ai vu le regarder il y a peu de temps. Que manigançait donc Petey ?

C.B. lui jeta un regard furieux.

« Tu as quoi ?

— J'ai voulu le ranger dans un endroit sûr. Je n'ai pas beaucoup de place ici. Tu as dormi chez toi pendant les deux dernières nuits, que je sache. Quelle importance de toute façon ? C'est à cinq minutes à pied. Tu n'as qu'à passer me prendre à l'appartement. »

C.B. regarda sa montre. « Sois en bas à seize heures dix précises.

— D'accord. » Le regard de Petey alla de Luke à Rosita. « On se reverra peut-être jamais, mais je vous souhaite toute la chance possible. »

Avec un petit salut rapide, il disparut.

Luke comprit pourquoi ses pieds étaient froids et humides. Le sol suintait. La glace, se dit-il. Cette barque de malheur commence à prendre l'eau.

JACK Reilly sut d'instinct qu'Alvin Chance n'était pas une menace pour le genre humain. Un drôle d'oiseau, sans doute, mais certes pas un kidnappeur. Nora Reilly faisait simplement partie des innombrables écrivains qu'il collectionnait.

A chaque question que posait la police, Alvin répondait précisément et sans hésitation. Il reconnut qu'il avait pris une photo de Luke à un dîner d'auteurs de romans policiers. Il avait acheté le cadre après avoir appris l'accident survenu à Nora.

« Elle ne l'a pas aimé ? » demanda-t-il.

Ils se tenaient tous dans sa chambre encombrée.

« Je sais pourquoi ils te posent toutes ces questions, intervint sa mère. Tu n'as pas signé la carte. » Elle secoua énergiquement la tête. « Ils n'aiment pas ça. Ils croient que tu as quelque chose à cacher.

— Mme Reilly a simplement été étonnée de recevoir un cadeau sans le nom de l'expéditeur », dit Jack d'un ton apaisant. « Vous avez vous-même acheté l'ours en peluche dans la boutique de cadeaux, n'est-ce pas ?

— *Quel* ours en peluche ? interrogea sa mère. Alvin, tu ne m'as pas dit un mot de cet ours.

— Je vois que vous avez écrit une quantité de notes personnelles dans les marges des romans de Mme Reilly. »

Jack prit un livre et le feuilleta.

« Oh, oui, répondit Alvin avec fierté. J'ai étudié des centaines d'auteurs de romans policiers pour comprendre la construction de leurs scénarios. C'est un formidable outil de travail. Je classe mes notes par catégories : meurtres, incendies volontaires, cambriolages, escroqueries. Quand je lis des faits divers dans les journaux, je les découpe pour les ajouter à mes dossiers.

— C'est donc pour cette raison que vous annotez les romans de Nora Reilly ?

— Bien sûr.

— Auriez-vous lu par hasard *Les Bornes du paradis* ?

— C'est une de ses premières nouvelles. Je l'ai classée dans la rubrique "enlèvements". »

Il contourna son lit, s'approcha d'un classeur, ouvrit un tiroir.

« Voilà », dit-il, tendant à Jack un magazine vieux de trente et un ans.

REGAN conduisait aussi vite que la prudence le lui permettait sur des routes qui s'enneigeaient rapidement. *Papa et Rosita peuvent voir le petit phare rouge*, pensait-elle avec une lueur d'espoir. C'est-à-dire qu'ils sont retenus prisonniers à proximité du George Washington Bridge. Jack avait dit que les bruits de fond sur les cassettes semblaient indiquer qu'ils se trouvaient près d'un plan d'eau.

Elle composa le numéro de Jack.

« Je viens d'annoncer à votre mère qu'Alvin Chance n'était plus considéré comme suspect, dit-il. Mais il peut nous être d'une grande aide — il détient un exemplaire de sa nouvelle.

— Qu'est-ce que vous dites ?

— C'est un collectionneur de romans policiers. Si, par une chance extraordinaire, les ravisseurs s'inspirent de l'itinéraire décrit dans cette nouvelle, il sera beaucoup plus facile de les suivre à la trace.

— J'ai aussi quelque chose à vous dire. »

Regan lui rapporta ce qu'elle avait découvert dans l'appartement de Rosita.

« Dans ce cas, cela signifie qu'ils sont détenus dans le New Jersey.

— Pourquoi ?

— Réfléchissez, dit Jack. Votre père a quitté l'hôpital peu après dix heures. La voiture a ensuite été conduite dans le New Jersey, puisqu'elle a traversé le George Washington Bridge en direction de New York à onze heures seize. Puis elle a emprunté le Triborough Bridge en direction de Queens à onze heures quarante-cinq, ce qui est le temps normal pour couvrir cette distance sans s'arrêter. Puisqu'ils ne se sont pas arrêtés à Manhattan à la sortie du pont, ils sont nécessairement sur l'autre rive d'où ils peuvent voir le phare.

— Pour une raison que j'ignore, je me sens un peu rassurée », dit Regan.

Le filet se resserre, pensa-t-elle.

PETEY sirotait tranquillement une *tequila sunrise* au Elsie's Hideaway. C'était l'heure des consommations à prix réduit et toute la bande des habitués était présente. Petey se sentit envahi de nostalgie. J'en prendrai une seule, se promit-il. Il faut que je garde mes esprits pour le grand soir.

Si C.B. savait que je suis ici, il me tuerait, pensa-t-il. Mais je ne pouvais pas quitter les Etats-Unis d'Amérique pour toujours sans une dernière visite à ce vieux saloon, où, comme le dit la chanson, « tout le monde connaît votre nom ». J'ai été à la pêche avec une bonne partie de ces types, se rappelait-il. On a bien rigolé.

« Petey, t'as l'air dans un drôle d'état », lui dit Matt, le fidèle barman d'Elsie, en remplissant à nouveau son verre. « Elsie te souhaite un joyeux Noël.

— C'est drôlement gentil.

— J'ai entendu dire que tu partais en vacances. Où ça ?

— Je vais pêcher.

— Où ?

— Dans le Sud », répondit vaguement Petey.

Matt alla s'occuper d'un autre client.

Petey regarda l'heure à sa montre. Il était temps de partir. Il descendit de son tabouret, contempla la *tequila sunrise* que Matt venait de lui offrir et, faisant preuve d'une fermeté inhabituelle, la laissa intacte.

« Petey, tu te sens bien ? »

Le visage de Matt trahissait son inquiétude.

« Super-bien, assura Petey. Comme un millionnaire.

— Content de l'entendre. Amuse-toi bien. Envoie-nous une carte.

— A propos, est-ce que tu as encore les cartes postales du Elsie's ? » demanda Petey.

Matt fouilla sous le bar. « Il nous en reste une. Je te l'offre. »

Avec un geste d'adieu de la main, Petey quitta le Elsie's pour la dernière fois.

REGAN avait tenu Austin Grady au courant des événements récents. Depuis deux jours il avait reçu une quantité d'appels de la part des amis des Reilly qui avaient appris l'accident de Nora et ne parvenaient à les joindre ni elle ni Luke.

Lorsque Nora appela Austin à quinze heures quinze, il demanda s'il pouvait passer la voir en rentrant chez lui.

« Votre visite me fera plaisir, Austin. Vous êtes le seul de nos amis à savoir ce qui s'est passé. »

Austin était là depuis seulement quelques minutes quand Regan arriva et leur dit avoir vu le livre où il était question du petit phare rouge.

« *Le petit phare rouge et le grand pont gris* ! s'exclama Nora. Bien sûr ! Tu l'adorais.

— Ils sont donc à proximité de ce phare, dit

catégoriquement Alvirah. En écoutant ces enregistrements, il ne fait aucun doute qu'il insiste sur les mots : *Je vois rouge.*

— En fait, Jack pense qu'ils se trouvent sur la rive du New Jersey de l'autre côté du pont », dit Regan, et elle expliqua pourquoi.

« Si seulement nous savions qui sont ces gens, gémit Nora. Mais nous n'en avons pas la moindre idée. Et ils vont téléphoner dans une demi-heure. Une fois qu'ils auront l'argent, pouvons-nous leur faire confiance pour respecter les termes du marché ? » Elle fit un geste en direction de la fenêtre. « Regardez ce temps. S'ils ont perdu le sac par erreur hier, pensez à ce qui pourrait arriver par un jour pareil. »

Le carillon de l'entrée les fit tous sursauter.

« Regan, nous ne pouvons recevoir personne. Dis que je me repose...

— Je sais, maman. »

Regan se hâta vers la porte. Dehors se tenait ce président loufoque d'une société horticole qui avait frappé à la fenêtre du bureau d'Austin deux soirs plus tôt. Il portait un bonnet tricoté, dont le haut était couvert de neige.

« Bonjour, Regan ! » lança-t-il de sa voix de fausset. « Vous vous souvenez de moi ? Nous nous sommes vus l'autre soir. Ernest Bumbles. »

Il portait sous le bras un paquet enveloppé d'un papier-cadeau.

« Bonjour, monsieur Bumbles, dit Regan d'un ton pressé.

— Votre père est-il là ? demanda-t-il.

— Malheureusement non. Il a été retenu à New York.

— Oh, quel dommage ! Ma femme et moi partons chez ma belle-mère à Boston. Même si personne ne devrait prendre la route par un temps pareil, soit dit en passant ! Bref, j'ai apporté ce présent que j'aurais beaucoup aimé remettre en main propre à votre père. Je suis navré de l'avoir manqué à chaque fois. Mais je souhaite qu'il l'ait pour Noël.

— Confiez-le-moi dans ce cas, dit Regan, impatiente de mettre fin à la conversation.

— Pouvez-vous me faire une faveur ? demanda Ernest avec un regard implorant.

— De quel genre ?

— J'aimerais que vous déballiez le cadeau de votre père et que vous me permettiez de vous prendre en photo pendant que vous le tenez dans vos mains. »

Regan l'aurait volontiers étranglé. Elle l'invita à entrer, dénoua hâtivement le ruban et ouvrit la boîte qui renfermait la proclamation encadrée.

« Qu'est-ce que cela signifie ? » demanda-t-elle quand elle eut fini de lire le document.

Ernest eut un large sourire. « Votre père a tant fait pour l'association Fleurs et Bourgeons. Il nous a présenté Cuthbert Boniface Goodloe. Le pauvre homme est décédé cette semaine, mais il nous a légué un million de dollars. Nous ne pourrons jamais remercier suffisamment votre père.

— Un million de dollars ? » s'étonna Regan.

Des larmes embuèrent les yeux d'Ernest. « Un million de dollars. Pratiquement toute sa fortune. Un homme très généreux. Et tout cela grâce à votre père. Nous avons aussi une nomination à remettre au neveu de M. Goodloe, en l'honneur de son merveilleux oncle, mais lui non plus n'est jamais à son domicile ! Maintenant permettez-moi de vous prendre en photo. »

Dépêché par Nora qui s'inquiétait de ne pas voir sa fille revenir, Austin apparut sur le seuil de la porte du salon. Mon Dieu, faillit-il s'écrier en apercevant Bumbles. Ce type ne se lassera-t-il donc jamais !

Il croisa le regard de Regan. D'un geste imperceptible de la tête, elle l'empêcha de faire déguerpir l'intrus, comme il en avait eu l'intention.

Regan brandit la citation. « Austin, regardez ça », dit-elle avec un sourire forcé. « Mon père est à l'origine d'un don de un million de dollars offert à l'association de M. Bumbles par un certain Cuthbert Boniface Goodloe. Saviez-vous que mon père en était directement responsable ? »

Austin secoua la tête.

« Je l'ignorais.

— J'ai beaucoup regretté que votre père n'ait pas pu assister aux funérailles de notre bienfaiteur, continua Bumbles. Mais notre association s'est manifestée au grand complet.

— Votre présence a été la bienvenue », dit Austin. Regan a une patience d'ange, pensa-t-il. « Son neveu est sa seule famille.

— Vraiment ? » dit Regan. Elle regarda Ernest et ajouta d'un ton moqueur : « Comment a-t-il réagi au fait que son oncle ait fait un don aussi important à l'association Fleurs et Bourgeons ? »

Ernest eut l'air perplexe.

« Je ne pourrais pas vous le dire. Mais pourquoi ne se réjouirait-il pas pour nous ? Notre association est admirable. Et cette nomination lui fera plaisir, j'en suis convaincu. Enfin, si nous parvenons à le joindre.

— Où vit-il ? demanda Regan.

— A Fort Lee. »

Regan sentit sa gorge se serrer. Du côté du New Jersey, le George Washington Bridge débouchait dans l'agglomération de Fort Lee. Serait-ce possible ?

« Je suis certaine que mon père sera très honoré, dit-elle.

— Je suis heureux d'avoir pu vous remettre notre présent. Je garde l'autre dans la malle de ma voiture jusqu'à ce que j'arrive à joindre le neveu.

— Confiez-le-moi, dit Regan. Je dois me rendre dans les environs de Fort Lee en fin de soirée et je le déposerai chez lui afin qu'il l'ait pour Noël.

— Ce serait épatant ! s'écria Ernest. Malheureusement je n'ai pas son adresse.

— Je vais téléphoner au bureau, proposa Austin. Nous l'avons certainement dans nos dossiers.

— Je reviens tout de suite. »

Ernest fit demi-tour, sortit, glissa dans l'allée et

faillit s'étaler avant d'arriver à sa voiture où l'attendait patiemment Dolly. A son retour, il tendit à Austin le second paquet.

« Voulez-vous le tenir, s'il vous plaît ? » lui demanda-t-il. Il se tourna vers Regan tout en réglant son appareil photo. « Souriez. Parfait.

— Au fait, comment s'appelle le neveu ? »

Austin et Ernest répondirent d'une même voix : « C.B. Dingle. »

« C'EST moi qui ai gagné, dit Bobby sans enthousiasme. Maintenant on va mettre une cassette vidéo.

— Il faut d'abord ramasser toutes les billes », dit Fred.

Tous trois se mirent à quatre pattes pour récupérer les billes éparpillées dans la pièce.

« Je crois que j'en ai vu une sous le canapé », dit Fred.

Il souleva le bas de la housse et passa sa main à tâtons sous le canapé. Ses doigts se refermèrent sur une petite bille. Il s'aperçut qu'elle reposait non sur la moquette, mais sur un rectangle de carton lisse. Il le fit glisser vers lui. Il s'agissait d'une carte postale adressée à Rosita.

Le message griffonné était maculé de peinture. Il disait : « J'espère que nous dînerons bientôt ici ! ! ! Petey. »

CHRIS se tenait à côté de Fred. Il regarda la carte. « Maman était si drôle quand elle l'a reçue. Elle a dit que ce type était bête à manger du foin. »

Fred sourit. « L'as-tu déjà rencontré ? »

Chris le regarda en écarquillant les yeux, comme étonné qu'il pût poser une question aussi stupide. « Nooon ! Maman l'a rencontré là où elle travaille.

— Il a été employé par M. Reilly ?

— Une fois. Ils ont trouvé la couleur affreuse. »

Fred retourna la carte postale. ELSIE'S HIDEAWAY, EDGEWATER, NEW JERSEY. Son cœur battit plus fort. Des traces de peinture dans la limousine abandonnée. Un individu qui avait travaillé pour Luke Reilly et été éconduit par Rosita. Qui fréquentait visiblement un bar dans les environs du George Washington Bridge.

« Commencez à regarder le film, dit-il aux garçons. Je vais dans la chambre donner un coup de fil. »

APRÈS avoir souhaité un bon voyage à Ernest Bumbles, Regan et Austin emportèrent ses deux présents au salon.

« C'est de nature à fournir un mobile, dit Nora après avoir lu la proclamation. Mais C.B. Dingle est peut-être aussi innocent dans cette affaire qu'Alvin Chance.

— J'aurais souhaité que nous ayons plus de temps, afin de pouvoir mener une petite enquête sur ce bonhomme, dit Regan. Mais l'appel devrait avoir lieu dans dix minutes, et je serai probablement obligée de partir tout de suite pour New York. Jack doit m'y retrouver avec la rançon. »

La sonnerie du téléphone retentit dans la pièce comme un coup de fusil.

« Ils ne devraient pas appeler sur cette ligne, n'est-ce pas ? »

Regan courut vers le téléphone.

C'était Fred.

Elle écouta. « Ne quittez pas, Fred. » Elle se tourna vers Austin : « Fred vient de trouver une carte postale d'un dénommé Petey, qui aurait fait des travaux de peinture au funérarium. Il avait demandé à Rosita de sortir avec lui. Savez-vous de qui il s'agit ? »

Austin hocha la tête : « Nous l'avons employé un seul jour. Il avait complètement bousillé son travail. » Il réfléchit un instant avant de continuer : « Attendez ! Il a fait une apparition l'autre soir à la veillée funèbre de Goodloe. C'est un grand copain de C.B. Dingle. »

Nora étouffa un cri. « Il est peintre et on a retrouvé des traces de peinture dans la limousine !

— Et la carte postale qu'il a envoyée à Rosita représente un bar à Edgewater, dit Regan. C'est un patelin au sud de Fort Lee et on voit encore le phare de là-bas. »

Regan raconta à Fred ce qu'ils avaient appris de C.B. Dingle.

« Quel est le nom de famille de Petey ? » cria presque Fred dans l'appareil.

« Austin, connaissez-vous le nom de Petey ? »

Austin fit non de la tête. « Ne quittez pas. Je vais le savoir tout de suite. » Il prit son portable et appela son bureau. « Ils cherchent dans les dossiers. »

Un moment plus tard, il annonça :

« Il s'appelle Peter Commet. Vit à Edgewater. »

Austin nota l'adresse sur un bout de papier qu'il tendit à Regan. Elle communiqua l'information à Fred.

« Ils vont me téléphoner dans deux minutes. Je vous rappelle dès que je leur aurai parlé.

— Regan, je vais essayer de dénicher cet oiseau.

— J'aimerais pouvoir vous accompagner. »

A seize heures précises, son portable sonna.

« Soyez à la sortie du Midtown Tunnel, côté Manhattan, à dix-sept heures trente.

— La sortie du Midtown Tunnel, côté Manhattan », répéta-t-elle, et elle regarda Nora.

« Ils s'inspirent de ma nouvelle », souffla Nora.

« Je viens de ramener ma mère de l'hôpital, dit

Regan précipitamment. Je suis dans le New Jersey. Il me faut plus de temps.

— Pas question. »

Austin posa sa main sur le bras de Regan. « Laissez-moi y aller », articula-t-il en silence.

Regan accepta d'un signe de tête. « Je ne suis pas très habile au volant par un temps pareil, expliqua-t-elle. Acceptez-vous que l'associé de mon père, Austin Grady, vous remette la rançon ? Il conduira ma voiture et utilisera mon téléphone. Vous ne gagneriez rien à ce que j'aie un accident. »

Il y eut un silence à l'autre bout de la ligne. Puis la voix dit à regret : « Bon. Mais si vous voulez revoir votre père et Rosita, ne nous faites pas d'entourloupe. Dites bonjour, vous deux. »

Regan entendit vaguement la voix de son père et celle de Rosita en arrière-plan. *Nous ne sommes plus très loin*, se retint-elle de crier.

Suivit un déclic.

Elle composa le numéro de Fred.

« Je pars pour Edgewater, dit Fred.

— Pendant ce temps, Alvirah et moi nous irons à Fort Lee.

— Puis-je déposer les enfants chez votre mère ? »

Regan hésita.

« Que vont-ils penser ?

— Je leur expliquerai que Rosita est allée faire une course avec votre père. Demain, de toute façon, il faudra leur dire la vérité. »

Regan lui indiqua comment arriver chez ses parents. « Donnez-moi votre numéro de portable. Notez aussi celui de ma mère. Je prendrai son appareil avec moi. Austin se servira du mien.

— Soyez prudente », dit Fred.

« Il fait un temps de chien dehors », dit C.B. à Luke en interrompant la communication. « Votre fille est trop nerveuse pour conduire, et elle envoie le dénommé Grady. »

Regan conduit par n'importe quel temps, songea Luke. Est-ce que Nora va plus mal ? Quelque chose d'autre est-il survenu ?

C'est un regard d'adieu que C.B. promena une dernière fois sur l'intérieur du bateau. Il sortit de sa poche les clés de leurs chaînes et les posa sur le dessus du poêle, hors de leur portée.

« Lorsque nous serons en possession de l'argent, vous rentrerez chez vous. Dès que nous aurons mis les voiles, nous leur indiquerons où vous êtes.

— A moins d'être décidés à nous éliminer, vous feriez mieux de les prévenir rapidement », dit Luke, désignant le plancher du house-boat.

La tempête s'était intensifiée, et l'embarcation tanguait de plus en plus violemment. Les chocs et les craquements de la glace contre les bordés se répétaient. Le plancher était inondé.

« Nous les appellerons de l'aéroport, une fois arrivés à destination.

— Ce sera trop tard, s'écria Rosita. Vous ne décollerez peut-être pas avant demain.

— Vous n'avez qu'à prier pour que nous partions avant », dit C.B.

La porte claqua derrière lui.

Peu avant dix-sept heures, Regan et Alvirah s'arrêtèrent devant l'immeuble de C.B. « Nous y voilà », dit Regan en sortant de la voiture.

Le portier sonna à l'interphone pour les annoncer. Il attendit une minute, puis secoua la tête. « Pas de réponse. Il est sans doute sorti.

— Son oncle est décédé cette semaine, dit Regan.

— Je sais.

— Mon père est le propriétaire du funérarium où se sont déroulées les obsèques et il doit d'urgence se mettre en contact avec M. Dingle. C'est très important. Pourrait-on me dire quand il sera de retour ?

— La femme du gérant de l'immeuble s'occupe de son appartement. Je vais lui téléphoner, proposa le portier. C'est tout ce que je peux faire pour vous.

— Merci, dit Regan. C'est très aimable de votre part. »

Alvirah et elle échangèrent un regard.

« Heureux de vous rendre service, fit-il en haussant les épaules. C'est Noël. »

Un instant plus tard, il se tourna à nouveau vers elles. « Dolores vous prie de monter. Au 2B. »

L'appartement de Dolores baignait dans une atmosphère de fête. L'arbre était illuminé, des chants de Noël résonnaient dans les pièces, le fumet d'un poulet rôti emplissait l'air.

« Nous ne voulons pas vous déranger trop longtemps, dit rapidement Regan. Mais nous avons besoin de contacter M. Dingle. »

Dolores, une femme proche de la soixantaine, prit un ton compatissant. « Pauvre garçon. Il m'a dit qu'il partait en voyage pour se changer les idées. Il faisait sa valise quand je suis montée chez lui ce matin.

— Vous étiez chez lui ce matin ?

— Je ne suis pas restée longtemps. Je lui ai apporté des friandises. Il semblait nerveux et inquiet, comme si quelque chose le tracassait. Un voyage lui fera du bien.

— Certainement », dit Regan.

Se pourrait-il que mon père et Rosita soient cachés dans une pièce là-haut ? se demanda-t-elle.

« Cet immeuble est très agréable, fit remarquer Alvirah en inspectant la pièce. Vous jouissez d'une vue magnifique sur la rivière. M. Dingle a-t-il la même que vous ?

— Oh, non ! » Un léger sourire supérieur étira les lèvres de Dolores. « Il occupe un des petits studios qui donnent sur la rue. »

À DIX-SEPT heures quinze, enveloppé d'un tourbillon de neige, Fred Torres se tenait sur le perron de la maison de bois décrépite à un étage dans laquelle vivait Petey. Regan l'avait joint au téléphone après avoir quitté l'immeuble de C.B, pour lui rapporter la seule chose qu'elle avait apprise, à savoir que C.B. était parti le matin même en emportant ses bagages, soi-disant en vacances. Elle était certaine que Luke et Rosita ne se trouvaient pas dans son appartement.

Et s'ils étaient ici ? se demanda Fred en sonnant à la porte une seconde fois. Il avait commencé par l'entrée particulière menant à l'appartement de Petey au sous-sol de la maison, mais il faisait sombre à l'intérieur, et personne n'avait répondu.

Il y a quelqu'un à l'étage, se dit-il. On voyait de la lumière, et la télévision marchait.

Un homme ouvrit la porte, la soixantaine, l'air ensommeillé. Il portait un jean froissé, une chemise de flanelle au col ouvert, et était chaussé de pantoufles. Il ne semblait pas ravi d'avoir été dérangé.

« Etes-vous le propriétaire de la maison ? demanda Fred.

— Ouais. Pourquoi ?

— Je cherche Petey Commet.

— Il est parti en vacances ce matin.

— Savez-vous où ?

— Il ne m'a rien dit, et c'est pas mes affaires. »

L'homme fit mine de refermer la porte. Fred sortit sa carte de police.

« Il faut que vous me parliez de lui. »

Toute trace de torpeur déserta le visage de l'homme.

« Il a des ennuis ?

— Je n'en sais rien pour le moment, répondit Fred. Depuis combien de temps habite-t-il ici ?

— Trois ans.

— Jamais eu de problèmes avec lui ?

— A part qu'il paie son loyer avec du retard,

pas vraiment. De toute façon, il finit toujours par payer.

— Encore une ou deux questions et je ne vous ennuie plus. A-t-il de bons amis dans le quartier ?

— Si vous comptez la bande du Elsie's Hideaway, il en a une flopée. C'est le bar du coin. Dites donc, je commence à avoir froid.

— Une dernière chose. Etes-vous entré chez lui ces deux derniers jours ?

— Ouais, j'ai vérifié le thermostat après son départ ce matin. En son absence, inutile de brûler du mazout — surtout avec le prix que ça coûte aujourd'hui. »

Fred le laissa refermer la porte. Comme il se mettait au volant, Alvirah et Regan vinrent s'arrêter en double file à côté de lui.

« Pas plus de chance par ici. Mais suivez-moi jusqu'au Elsie's Hideaway. »

Trois jours avant Noël

Le temps étant compté, Jack Reilly procéda au transfert de l'argent dans la voiture de Regan quelques blocs avant l'entrée du Queens Midtown Tunnel.

« Nous vous suivrons, dit-il à Austin Grady. Mais s'il vous indique l'itinéraire que nous avons prévu, les hommes de notre unité mobile devront se replier. Ils sont trop visibles. Des agents sont postés dans plusieurs immeubles tout au long du trajet. Ils ne vous quitteront pas de l'œil. Bonne chance. »

A dix-sept heures trente l'appel eut lieu : « Traversez le tunnel. Restez sur la droite. Prenez la sortie de Borden Avenue immédiatement après le péage. »

« C'est ce que nous voulions entendre », se félicita Jack lorsque le centre d'écoute Eagle transmit le message.

Son portable sonna. C'était Regan. « Le neveu et le peintre ont tous les deux fait leurs valises aujourd'hui. Ils ont raconté qu'ils partaient en vacances. »

Jack sentit une décharge d'adrénaline le traverser.

« Regan, je vous parie que ce sont nos hommes. S'ils ont pris leurs bagages, cela signifie qu'ils ne comptent pas regagner l'endroit où ils détiennent votre père et Rosita. Une fois en possession de l'argent, ils fileront vers l'aéroport.

— S'ils s'enfuient, il est possible que nous n'en entendions plus jamais parler.

— Nous les surveillerons, au cas où il leur viendrait quand même à l'idée de dire un dernier adieu à leurs otages, mais dès l'instant où ils pénétreront dans un aéroport, nous n'aurons d'autre choix que de les appréhender.

— Alvirah et moi, nous allons faire un tour dans un bar d'Edgewater où le peintre a l'habitude de traîner. Fred Torres nous accompagne. Quelqu'un, là-bas, pourra peut-être nous donner une ou deux informations.

— Regan, murmura Jack, faites attention. »

Un craquement se fit entendre, suivi d'une terrible embardée, et le bateau prit une gîte de vingt degrés. Rosita et Luke furent projetés sur le côté. Rosita poussa un cri, et Luke grimaça de douleur en sentant les chaînes lui meurtrir les poignets et les chevilles.

« Monsieur Reilly, le bateau est en train de couler ! Nous allons nous noyer !

— Non, la rassura Luke. C'est probablement l'une des amarres qui a lâché. »

Moins d'une minute plus tard, le house-boat fut à nouveau brutalement précipité contre le quai.

Luke entendit un gargouillement, et l'eau commença à s'infiltrer sous la porte. Au moment où le bateau faisait un nouveau bond en avant, le trousseau de clés que C.B. avait laissé sur le poêle glissa et tomba sur le plancher. Avec un effort désespéré, Luke se pencha en avant, aussi loin que ses chaînes le lui permettaient. Ses doigts effleurèrent l'une des clés, mais il n'eut pas le temps de s'en emparer. Le bateau pencha davantage et elles glissèrent hors de sa portée.

Luke avait cru jusque-là qu'ils avaient une

chance de s'en tirer, mais l'espoir le quitta. Même si C.B. téléphonait une fois rendu à destination, il serait trop tard. L'eau montait régulièrement. Rosita avait raison — ils allaient se noyer. Leurs corps seraient retrouvés enchaînés, comme deux animaux pris au piège, si jamais on les découvrait. Cette barcasse serait réduite sous peu à l'état d'épave.

J'aurais voulu vivre encore longtemps, pensa-t-il, le cœur douloureusement serré, tandis qu'il évoquait les visages et les voix de Nora et de Regan.

Il entendit Rosita murmurer :

« Je vous salue Marie... »

Il termina la prière avec elle :

« ... jusqu'à l'heure de notre mort, Amen. »

À l'intérieur du Elsie's Hideaway, l'ambiance n'avait rien de morose. Regan, Fred et Alvirah ne mirent pas longtemps à s'orienter et à aller droit vers le bar.

Matt le barman s'approcha d'eux. « Que désirez-vous ?

— Une ou deux réponses. » Fred sortit sa carte. « Connaissez-vous Petey Commet ?

— Sûr que je le connais. Il était assis juste à votre place il y a moins de deux heures.

— D'après son propriétaire, il a quitté son domicile ce matin en emportant ses bagages.

— Peut-être bien, en tout cas il était ici cet après-midi. C'est vrai qu'il a dit qu'il partait en vacances.

— Savez-vous où ? C'est important.

— J'aimerais vous aider mais, à dire vrai, il est resté flou sur le sujet. Il a dit qu'il partait à la pêche quelque part dans le Sud. » Matt s'interrompit un instant. « J'ignore ce que ça signifie, mais Petey n'était pas comme d'habitude. Je lui ai demandé ce qu'il avait, et il a dit qu'il se sentait heureux comme un millionnaire. »

Le sang de Regan se glaça.

« Pouvez-vous nous dire où il aurait pu se trouver entre le moment où il a quitté son appartement ce matin et celui où il est venu ici voici quelques heures ?

— Il s'occupe de l'entretien d'un bateau à la

marina de Weehawken. Peut-être qu'il a voulu vérifier les amarres avant de partir. Il traîne parfois par là-bas.

— Je connais le coin », dit Fred. Il prit son téléphone portable. « Donnez-moi le numéro de la patrouille fluviale de Weehawken. »

Un instant plus tard, il avait le bureau de la marina en ligne. Regan vit les muscles de son visage se contracter. On ne lui annonce pas de bonnes nouvelles, pensa-t-elle.

Fred conclut sa conversation et se tourna vers les deux femmes. « Il est parti avec le house-boat mercredi après-midi et n'est pas revenu depuis. L'employée à qui j'ai parlé dit qu'il est cinglé. La glace commence à descendre la rivière. Aucun bateau ne devrait sortir dans de telles conditions, à plus forte raison une embarcation aussi pourrie. »

Alvirah posa une main rassurante sur le bras de Regan, tandis que Fred appelait la patrouille fluviale.

Matt, qui avait apporté leurs consommations à d'autres clients, revint vers eux. « J'ai une idée. La plupart des gens ici connaissent Petey, et beaucoup travaillent dans les environs. Peut-être savent-ils quelque chose. »

Il grimpa sur le bar et siffla. La foule exprima bruyamment son approbation. « Une tournée gratuite pour tout le monde », cria quelqu'un.

Matt les fit taire d'un signe de la main. « Vous avez déjà mangé à l'œil ce soir. Maintenant écoutez, c'est important. Quelqu'un parmi vous a-t-il vu Petey Commet en ville avant qu'il ne vienne ici ? »

Mon Dieu, je vous en supplie, pria Regan. Elle les vit tous se regarder, secouer la tête. Puis un homme prit la parole : « En quittant mon travail, je suis venu directement ici. J'ai vu Petey sur le chemin qui va à la Slocum Marina.

— La marina est fermée tout l'hiver. Pourquoi irait-il par là ? » marmonna un client près de Regan.

Regan se tourna vers lui. « Où se trouve exactement cette marina ? demanda-t-elle.

— En sortant, prenez à gauche. La marina se trouve quelques blocs plus loin sur la droite. Vous apercevrez le panneau indicateur au croisement. »

Fred, Regan et Alvirah se ruèrent hors du bar, coururent vers la voiture de Fred. Il démarra en trombe, dérapant en sortant du parking sur la chaussée enneigée.

« S'ils sont sur un vieux bateau par ce temps... » Regan ne termina pas sa phrase.

« Vous venez de dépasser le croisement ! » cria Alvirah.

Fred fit demi-tour et s'engagea à toute allure dans la descente déserte qui menait à la rivière. Les tourbillons de neige réduisaient considérablement la visibilité. Les phares perçaient à peine le rideau blanc, assez cependant pour leur permettre de constater que la marina était vide. Il n'y avait pas la moindre embarcation en vue.

Fred saisit une lampe-torche dans la boîte à gants et bondit hors de la voiture. Suivi de Regan et d'Alvirah, il passa sans s'arrêter devant les bureaux fermés. Sur leur gauche leur parvenaient des bruits sourds, un cognement répété. Glissant, patinant sur la neige mouillée, ils tournèrent dans cette direction et se mirent à courir. Dans le puissant faisceau de la lampe apparut soudain un malheureux house-boat qui gîtait dangereusement, cognant avec violence contre le quai auquel il était amarré. Il semblait sur le point de couler.

« Mon Dieu ! s'écria Regan. Je parie qu'ils sont à l'intérieur. »

Fred et elle foncèrent le long de l'appontement, Alvirah s'essoufflant derrière eux.

L'aussière qui retenait le bateau était à moitié détachée de la bitte d'amarrage sur laquelle elle était enroulée. Fred s'en empara et la fixa du mieux qu'il put. « Alvirah, ne la laissez pas se détacher. »

« Papa ! » cria Regan en bondissant avec témérité sur le pont instable du bateau. « Rosita ! » Elle donna des coups de pied dans la porte cadenassée.

En entendant la voix de Regan, Luke et Rosita crurent d'abord qu'il s'agissait d'un effet de leur imagination. Ils s'efforçaient de garder leurs jambes levées, hors de l'eau glacée qui montait en tourbillons dans le fond du bateau. L'infiltration s'était transformée en un flot puissant et régulier.

« Regan ! cria Luke.

— Vite ! hurla Rosita.

— Nous arrivons », cria Fred à son tour, rejoignant Regan.

Ensemble ils assenèrent des coups redoublés à la porte. Le panneau de bois finit par céder et vola en éclats. Tirant de toutes leurs forces sur les planches, ils parvinrent à s'ouvrir un passage.

Fred entra le premier, balayant de sa torche le carré plongé dans le noir. Regan s'élança derrière lui, faillit trébucher dans l'eau, horrifiée à la vue de son père et de Rosita enchaînés à la paroi.

« Les clés sont tombées par terre sous le poêle », leur indiqua Luke avec précipitation. Fred et Regan se penchèrent, cherchant à tâtons dans l'eau glaciale qui montait inexorablement.

Pitié, pitié, pria Regan. *Pitié !* Près du réfrigérateur, sa main heurta un objet métallique, puis ne sentit plus rien. « Je les ai touchées, s'écria-t-elle. Par ici. »

Fred dirigea le faisceau de sa lampe au pied du refrigérateur.

« Les voilà ! » cria Regan en se jetant en avant pour les attraper. L'eau lui arrivait aux genoux. Elle ouvrit d'un coup sec l'anneau du trousseau, tendit une clé à Fred, se dirigea tant bien que mal vers Luke et lui prit le poignet. Ce n'était pas la bonne clé.

Fred se détourna de Rosita et ils firent l'échange.

Cette fois, les clés fonctionnèrent.

Quelques secondes plus tard, les deux paires de chaînes pendaient le long des parois. Soutenu par Regan, Luke se mit debout. Fred souleva Rosita dans ses bras.

« Le bateau ne tiendra pas trente secondes de plus, cria Fred. Décampons. »

Pataugeant dans l'eau, ils passèrent à travers ce qui restait de la porte.

Sur le quai, Alvirah invoquait Dieu et tirait de tout son poids sur l'amarre qui ne suffisait plus à retenir le house-boat à moitié englouti. Au moment où il fut projeté une dernière fois contre le quai, elle s'arc-bouta. Rassemblant les forces qu'elle utilisait pour déplacer armoires et pianos, à l'époque où elle faisait des ménages, Alvirah retint l'amarre jusqu'à ce qu'ils fussent tous les quatre sains et saufs à côté d'elle.

Le visage éclairé d'un sourire radieux, elle contempla Regan et son père enlacés, Fred qui entourait Rosita de ses bras.

Je savais qu'elle lui plaisait, pensa-t-elle.

Trois jours avant Noël

AUSTIN Grady suivait les instructions des ravisseurs : continuer vers l'est dans Borden Avenue puis tourner sur sa gauche dans la 25e Rue.

« Ensuite vous vous arrêterez et vous attendrez. »

Il roulait lentement sur les chaussées verglacées. Les essuie-glaces parvenaient avec peine à préserver un minimum de visibilité sous les tourbillons de neige.

La 25e Rue était noire et désolée, bordée de vieux entrepôts visiblement fermés depuis des lustres. Le téléphone sonna à nouveau.

« Parcourez encore un bloc, jusqu'à la Cinquante et Unième Avenue et tournez à droite. Allez jusqu'au bout et arrêtez-vous. Déposez le sac au coin de la rue. »

Nous y voilà, pensa Austin. Au bout de la Cinquante et Unième Avenue, il s'arrêta, sortit le sac contenant un million de dollars et le déposa sur le trottoir. Il remonta dans la voiture.

On l'appela à nouveau.

« C'est fait, dit Austin.

— Continuez à rouler. Tournez à gauche et barrez-vous. »

Jack était posté quatre rues plus loin. Quelqu'un l'appelait sur son portable. C'était Regan. Sa voix était tremblante et triomphante : « *Nous les avons retrouvés !* Nous rentrons à la maison. »

Le centre d'écoute intervint au même moment : « Ils ramassent le sac. »

Jack brancha son émetteur.

« Coincez-les. »

CHRIS et Bobby jouaient aux cartes avec Willy dans le salon. Nora était assise, silencieuse, le regard perdu dans le vague. En proie à une angoisse paralysante, elle sursauta en entendant le téléphone sonner sur la table à côté d'elle. Elle le décrocha, redoutant à l'avance ce qu'elle allait entendre.

« Comment se porte cette jambe ? » demanda Luke.

Des larmes de soulagement coulèrent le long de ses joues.

« Oh, Luke, murmura-t-elle.

— Nous arrivons. » La voix de Luke était voilée par l'émotion. « Nous serons à la maison dans une demi-heure. »

Nora raccrocha. Chris et Bobby fixaient sur elle un regard plein d'espoir.

« Maman va rentrer », parvint-elle à leur dire.

C.B. et Petey, menottes aux poignets, étaient assis côte à côte à l'arrière de la voiture de police.

« C'est pas entièrement ma faute, protestait Petey. C'est ton oncle qui est mort. »

Une pensée incongrue traversa C.B. Après tout, se dit-il, la prison était peut-être préférable à une vie entière au Brésil en compagnie de Petey.

Ils déposèrent Jack Reilly devant son appartement de Tribeca. Il alla directement à sa voiture ; bagages et cadeaux se trouvaient encore dans la malle. Je serai à la maison pour Noël, se dit-il. Tout est bien qui finit bien.

Conduisant à travers les rues enneigées et désertes de Manhattan, il refit le trajet qu'il avait entrepris deux soirs plus tôt. Il se dirigea vers l'est, en direction du F.D.R. Drive. Puis, comme douée d'une volonté propre, la voiture fit demi-tour.

Fred et Rosita s'arrêtèrent dans l'allée derrière Regan, Luke et Alvirah. Le moteur était à peine arrêté que la porte d'entrée s'ouvrit brusquement et deux petits garçons en jaillirent, sans manteau ni chaussures. « Maman ! maman ! » criaient-ils, glissant et trébuchant dans leur précipitation.

Rosita rejeta la couverture dont elle s'était enveloppée, sortit en vacillant de la voiture et prit dans ses bras les enfants qu'elle avait cru ne jamais revoir.

« Je *savais* bien que tu reviendrais pour Noël », murmura Chris.

Bobby la regarda, saisi d'une inquiétude soudaine.

« Maman, tu ne vas pas être fâchée ? On a déjà décoré l'arbre. Mais nous avons gardé des décorations pour toi.

— Nous les accrocherons ensemble », le rassura Rosita en les serrant tous deux contre elle.

Fred, qui s'était tenu à l'écart, s'approcha d'eux. « Dites, les garçons, lequel d'entre vous dois-je porter à l'intérieur ? »

Luke, Regan et Alvirah sortirent de leur voiture. « Pourquoi ta mère n'accourt-elle pas pour m'accueillir ? demanda Luke.

— A cause d'un tapis dont je lui ai fait cadeau. »

Ils remontèrent ensemble l'allée pavée.

Debout sur le perron, Willy attendait Alvirah.

En franchissant le seuil de sa maison, Luke eut l'impression de la voir pour la première fois. « Comme on est bien chez soi ! » dit-il avec ferveur, puis il se hâta vers le salon où attendait Nora.

Alvirah s'apprêtait à le suivre. Willy la prit par le bras.

« Laisse-les un peu seuls, mon chou.

— Tu as raison, Willy. Je suis une incorrigible romantique. »

QUARANTE minutes plus tard, réchauffés par une douche brûlante, habillés de vêtements propres, les otages et leurs sauveteurs se retrouvèrent dans le salon.

Le repas froid que Nora avait commandé chez le traiteur voisin venait d'être livré. Regan, Alvirah et Willy dressèrent le buffet. Austin avait téléphoné, heureux d'avoir joué un rôle dans le sauvetage de son ami. « Je passerai demain avec la famille », avait-il dit.

Un verre de vin à la main, Nora annonça :

« Nous allons donner une grande fête la semaine prochaine — et j'inviterai Alvin Chance.

— N'est-ce pas ce type qui te fait des cadeaux quand j'ai le dos tourné ? » demanda Luke.

Trois jours avant Noël

Rosita était assise sur le canapé avec Fred, les garçons à ses pieds. Elle se tourna vers lui.

« Pourrez-vous partir à temps ? »

Il la regarda et sourit :

« Pensez-vous réellement qu'après cette soirée j'aie encore envie de mettre les pieds sur un bateau ? »

Le visage de Rosita s'illumina en l'entendant ajouter :

« Je ne m'en vais nulle part, Cendrillon. »

Le carillon de l'entrée retentit.

« Je parie que c'est Ernest Bumbles, dit Alvirah.

— Je vais lui décerner un diplôme, déclara Nora. Ajoute son nom sur la liste des invités, Luke. »

Regan se dirigea lentement vers la porte, suivie par l'écho des rires qui éclataient dans la pièce. Elle se sentait submergée par un sentiment de gratitude, de paix, de fatigue... et par autre chose aussi, de plus secret.

Elle ouvrit la porte. L'homme dont elle avait fait la connaissance deux soirs plus tôt dans la chambre d'hôpital de sa mère se tenait devant elle et lui souriait.

« Reste-t-il une petite place pour un autre Reilly ? » demanda Jack.

REMERCIEMENTS

Maintenant que l'histoire est terminée, on nous demande : « Travailler ensemble a-t-il été difficile ? »

La réponse est « Non ». Ce fut très amusant. Arrivées aux dernières pages, nous formions une équipe tellement soudée que si nous cherchions un mot, il nous venait à l'esprit en même temps.

Bien sûr, les encouragements et l'aide de nos amis nous ont facilité la tâche.

C'est pourquoi nous dédions nos décorations de Noël à nos éditeurs, Michael Korda, Chuck Adams et Roz Lippel.

Une étoile scintillante à Lisl Cade, notre attachée de presse.

Des girandoles pour notre directrice littéraire Gipsy da Silva, notre lectrice Carol Catt, nos correcteurs Barbara Raynor et Steve Friedeman, et, chez Dix !, à Kelly Farley, Dwayne Harris et Barbara Decker.

Des sucres d'orge à nos agents Gene Winick, Sam Pinkus et Nick Ellison.

Un ban pour nos experts des forces de l'ordre, le sergent

Steve Marron et Richard Murphy, inspecteur à la retraite de la police de New York.

Un baiser de fête pour les assistants du Père Noël, autrement dit pour la famille et nos proches, tout particulièrement John Conheeney, Irene Clark, Agnes Newton et Nadine Perry.

Et tous nos vœux à nos lecteurs. Que vos jours soient radieux.

Dieu bénisse...

Des mêmes auteurs

Ouvrages de Mary Higgins Clark

LA NUIT DU RENARD
Grand Prix de littérature policière 1980

LA CLINIQUE DU DOCTEUR H.

UN CRI DANS LA NUIT

LA MAISON DU GUET

LE DÉMON DU PASSÉ

NE PLEURE PAS, MA BELLE

DORS MA JOLIE

LE FANTÔME DE LADY MARGARET

RECHERCHE JEUNE FEMME
AIMANT DANSER

NOUS N'IRONS PLUS AU BOIS

UN JOUR TU VERRAS

SOUVIENS-TOI

CE QUE VIVENT LES ROSES

DOUCE NUIT

LA MAISON DU CLAIR DE LUNE

JOYEUX NOËL, MERRY CHRISTMAS

NI VUE NI CONNUE

TU M'APPARTIENS

UNE SI LONGUE NUIT
ET NOUS NOUS REVERRONS
AVANT DE TE DIRE ADIEU

Ouvrages de Carol Higgins Clark

PAR-DESSUS BORD
ACCROC
BIEN FRAPPÉ
SUR LA CORDE

La composition de cet ouvrage
a été réalisée par Nord Compo,
l'impression a été effectuée
sur presse Cameron dans les ateliers de
Bussière Camedan Imprimeries
à Saint-Amand-Montrond (Cher)

Edition exclusivement réservée
aux adhérents du Club
Le Grand Livre du Mois
15 rue des Sablons
75116 Paris
réalisée avec l'autorisation des éditions Albin Michel

Achevé d'imprimer en décembre 2000.
N° d'impression : 005577/4.
Dépôt légal : décembre 2000.

Edition exclusivement réservée
aux adhérents du Club
Le Grand Livre du Mois
15 rue des Sablons
75116 Paris
réalisée avec l'autorisation des éditions Albin Michel

Achevé d'imprimer en décembre 2000.
N° d'impression : 005577/4.
Dépôt légal : décembre 2000.